Carsten Piper
Tod an der Trave

Carsten Piper wuchs an den Schleswig-Holsteinischen Nord- und Ostseeküsten auf, studierte Kulturpädagogik in Hildesheim und lebt heute in Ludwigsburg. Der vorliegende Band ist nach »Mord an der Müritz« der bislang zweite bei KBV erschienene Teil seiner Hans-Conrad-Krimireihe.

Carsten Piper

Tod an der Trave

Ein Hans-Conrad-Krimi

KBV KRIMI

1. Auflage 2003
2. Auflage 2006

www.kbv-verlag.de
E-Mail: info@kbv-verlag.de
Telefon: 0 65 93 - 99 86 68
Fax: 0 65 93 - 99 87 01
Redaktion, Satz: Volker Maria Neumann, Köln
Umschlagillustration: Ralf Kramp
Druck: Grenz-Echo AG, Eupen
www.grenzecho.be
Printed in Belgium
ISBN 3-937001-04-2

1. Kapitel

Sonntag, erster Februar, eiskalt. Eine wunderbar klare Sonne schüttete ihr nordisches Licht über die ehrwürdige alte Hansestadt. Nahe dem Mühlentor, von dem nur noch der Name existierte, zwischen den baumbestandenen ehemaligen Wallanlagen und dem diesen Winkel der mittelalterlichen Szenerie in majestätischer Ruhe beherrschenden Dom erstreckte sich, mit dem größeren der beiden Flüsse durch schmale Wasserkanäle verbunden, eine Art See, der Mühlenteich. Die frische Eisschicht sah gleichmäßig und zuverlässig aus. Das konnte gleichwohl täuschen – der See galt als tückisch. Eine ganze Menge Leute zogen dennoch bereits in eleganten Bögen erste Striemen und Schrammen in die jungfräuliche Fläche, sei es aus Unkenntnis, sei es aus Erfahrung mit den Besonderheiten des Gewässers. Tiefernst erscholl das mächtige Geläut der großen Kirchen, um die Bürger wie eh und je zu Andacht und Gebet zu rufen.

Innerhalb des Doms wurden die letzten Vorbereitungen für die Zeremonie getroffen. Es würde ein größerer Gottesdienst werden, viele Besucher, zwei Taufen mit großer Familie, Abendmahl. Der Küster hatte seine kleine Leiter eben an ihren Platz hinter der Sakristei zurückgebracht, da er mit dem Aufstecken der Liedernummern fertig war. Die Kerzen auf dem Altar brannten schon. Im Taufbecken war Wasser, angewärmt, damit es die beiden Täuflinge nicht erschrecken möge, auch die Utensilien für das heilige Abendmahl standen bereit. Der Propst trug seinen Talar und die imposante Halskrause, denn er selbst würde heute predigen. Er war äußerst unruhig. Alle paar Augenblicke sah er auf seine Uhr, dann zum Seitenportal, dann wieder auf die

Uhr. Zugleich bemühte er sich um beruhigende Worte für den noch nervöser blickenden jungen Mann neben sich. Das Präludium könne er wenn nötig etwas vereinfachen und die Lieder kenne er ja soweit. Das würde sicher kaum Probleme bereiten. Was allerdings diese Meditation anbetreffe, von diesem Messiaen oder was, die sich Frau Bruns da ausgesucht habe, nun ja.

Ja, genau, da sehe er ebenfalls ein kleines Problem, erwiderte der Angesprochene. Wenn sie Glück hätten, käme sie bis dahin ja vielleicht noch. Immerhin stünde zu erwarten, dass eine ganze Reihe von Besuchern aus der Fachwelt eigens wegen dieses äußerst anspruchsvollen und entsprechend selten gespielten Stückes erscheinen würde.

Sie sprachen von Ulrike Bruns, Organistin und Komponistin, Inhaberin der A-Stelle für Kirchenmusik »zum Dom«, wie das genannt wurde. Sie war bisher nicht erschienen, obwohl sie dies bereits vor mindestens einer Stunde hätte tun müssen, war auch nicht zu erreichen gewesen, was ganz ungewöhnlich war, und nun sollte der junge Mann sie vertreten.

Draußen betrat ein kleines Grüppchen den Mühlenteich, zwei Erwachsene und drei Kinder. Die Frau, Jule Conrad, schwang sich wie eine Eistänzerin über die gefrorene Oberfläche, ahmte Sprünge nach und rief »Doppelaxel« und »dreifacher Salcho«. Die Kinder lachten und dann wollten sie es auch tun. Bald glitschten alle fröhlich auf imaginären Kufen herum. Selbst der Mann, Hans Conrad, machte schließlich mit, drehte mehr oder weniger elegante Pirouetten und spielte abwechselnd mit den Kindern Paartanz. Sie schrien vor Freude. Jule war ziemlich weit zur Mitte des Mühlenteichs vorgedrungen, Conrad wunderte sich über sie, sie lag plötzlich auf dem Eis und schrie, aber anders als die Kinder. Sie schrie und schrie und jetzt wusste er, dass da irgendwas los war. Schnell rannte er zu ihr, rutschte aus, rannte weiter.

»Weg! Weg! Kommt nicht her!« Sie zeigte mit dem Finger hinter ihn, auf die nachfolgenden Kinder. »Lass sie nicht herkommen!« Jule rappelte sich auf, fiel wieder hin, fuchtelte mit den Armen. Conrad erreichte die Stelle. Was für ein Gesicht! Mit namenlosem Grauen in den Augen, die Hände zu Krallen gebogen, das wirre Haar weißgeeist, so starrte jemand von unten durch das Eis. Erst als die Kinder schon ganz nah waren, riss er sich von diesem Blick los.

»Stopp! Zurück!« Sie wehrten sich, wollten sehen, was da war, er drängte und zerrte sie zurück Richtung Ufer. »Jule, komm du auch weg da!« Hätte er doch noch eine Hand frei! Jule rührte sich noch immer nicht. Einsam stand sie im Gedröhn der Glocken, das in diesem Augenblick abbrach. Die austrudelnden Klöppel ließen noch ein paar schwächere Schläge ertönen, dann rauschte ein betäubendes Gemisch von Nachhall und plötzlicher Stille in Conrads Ohren. Kaum nahm er wahr, wie nun aus dem Dom gedämpft Orgelmusik herüberwehte.

2. Kapitel

Mittwoch, vierter Februar. Das Ganghaus war winzig. Es wäre sogar für einen einzelnen Mann zu klein gewesen, wenn Conrad nicht eine der Wände herausgeschlagen hätte. Nun gab es immerhin einen Raum, in dem er sich umdrehen konnte, ohne gleich irgendwo anzustoßen. Er kippte einen der vollgetropften Wassereimer in den Hof hinaus. In der Mitte des Raumes stand eine Gerüststange mit höhenverstellbarem Schraubfuß. Die hatte er nachts von einer Baustelle mitgenommen, weil er was zum Abstützen des ziemlich morschen Tragebalkens brauchte. Jetzt rührte er Gips an, um die kleineren Löcher in den Wänden zu verschließen. Für die zwei größeren würde das wohl nicht ausreichen, da musste er sich was anderes einfallen lassen. Aber er war nicht richtig bei der Sache. Er hätte gedacht, dass sie sinken würde. Aber wahrscheinlich war sie noch vor dem Sinken eingefroren. Wie tief war der See eigentlich? Konnte da noch irgendwas unter ihr gewesen sein, das sie gestützt hatte, ein alter Kahn oder irgendwelcher Schrott? Er hatte ja schon eine Menge Leichen gesehen, aber diese ging ihm nicht aus dem Kopf. Und das weniger aus beruflichem Restehrgeiz, sondern einfach, weil sie doch reichlich unschön ausgesehen hatte.

»Mama, was war da denn?«
»Nichts!«
»Doch, da war was!«
»Kommt jetzt. Es ist kalt.«
»Mahama! Was war da? Mahamaha!«
»Hast du dein Handy dabei?«

»Ja.«

»Gut. Wir müssen die Polizei anrufen.«

»Die Polizei? Wieso denn? Papa, wieso denn?«

»Was war da denn?«

»Wieso sagst du uns das denn nicht? Mahami, du bist gemein!«

»Soll ich? Oder willst du?«

»Mahamihi!«

»Ich mach das schon. Jetzt gleich? Eins-eins-null?«

»Tja. Ich weiß auch keine bessere Nummer. Und wenn du schlau bist, machst du das anonym. Das ist zwar nicht nett von uns, aber wir haben denen ja sowieso nichts weiter zu sagen, als das, was sie dann selber sehen. Und wir sparen uns das stundenlange Gefrage.«

»Meinst du wirklich? Darf man das denn?«

»Mahaha ...«

»Klappe! Nein. Ja. Anonym. Glaub mir, ich weiß, wovon ich rede.«

»Aber Mama ...«

»Klappe verdammt!«

»Hans, bitte.«

»Ja. Am besten, ich geh mit den Gören schon mal ein Stück weiter.«

Zügig begann er den Gips zu verspachteln, damit das Zeug nicht gleich wieder hart wurde. Das Haus war geradezu lachhaft billig gewesen, nur deshalb hatte er es kaufen können. Es gehörte zum Altstadt-Konzept des Senats, die verfallenden Ganghäuser, die ursprünglich Buden genannt wurden, aufzukaufen und dann zu eher symbolischen Preisen weiterzuveräußern – unter der Bedingung, dass sie alsbald saniert würden. Der Zustand war denn allerdings auch entsprechend erbärmlich. Nicht, dass Conrad irgendeine besondere handwerkliche Fertigkeit besessen hätte, im Gegenteil: Er war eigentlich völlig ungeeignet für so eine Ein-Mann-Totalsanierung. Und natürlich wusste er, dass er hier fürchterlich herumstümperte. Aber im Gegensatz zu den Bau- und Denkmalschutzbehörden und deren Zielsetzungen war es ihm vollkommen egal, ob diese Bude in fünfzig oder hundert Jahren noch stehen würde. Ihm ging es darum, sie zumindest halbwegs bewohnbar zu machen – und das schnell. Und weil er nun mal nicht wusste, wie man die Ratten aus den Wänden bekam, und auch keine Lust hatte, sich groß darum zu kümmern, machte er die Wände eben mitsamt den Ratten darin dicht. Nachts hörte er sie herumtippeln. Nachdem Jule und er die Trennung beschlossen hatten, sah niemand mehr einen besonderen Grund in Berlin zu bleiben – zumal er seinen Kripo-Job ohnehin gecancelt hatte. Jule wollte gern nach Hamburg zurück und wohnte nun mit den Kindern im Hause ihrer Eltern in Volksdorf. Conrad hatte zunächst nicht begriffen, wie eine erwachsene Frau nach beinahe zwanzig Jahren selbstständigen Lebens wieder zu Mama und Papa ziehen konnte. Doch inzwischen begriff er, dass Jule schlicht keine nennenswerten Probleme mit ihren Eltern hatte – oder genauer: nicht mehr hatte. Und da die beiden sich um die Kinder kümmerten, konnte Jule arbeiten gehen. Nicht in ihrem Beruf – Jule war Übersetzerin – sondern in irgendeiner dieser Software- und Internetklitschen, die sich vor einigen Jahren in jedem ehemaligen Bäckerladen oder Friseursalon breitgemacht hatten und deren Chefs ungefähr einundzwanzig waren. Der Himmel wusste, wie sie in diesem Business mitkommen konnte und was genau sie dort eigentlich tat. Conrad, der nicht einmal einen PC besaß, verspürte keinerlei Ehrgeiz, auf diesem Feld auf dem Laufenden zu bleiben. War er eh schon lange nicht mehr. Jedenfalls waren die Kinder also soweit ganz gut versorgt und es fiel weniger ins Gewicht, dass sich sein finanzieller Beitrag zu ihrer Ernährung »vorläufig«, das hieß seit gut zwei Jahren, ziemlich dürftig ausnahm. Er hangelte sich von Job zu Job, meistens waren es Aushilfssachen im Hafen. Eine ganze Zeit lang war er Dauerkunde auf Arbeits-, Sozial- und Finanzämtern gewesen und hatte nach endlosen Telefon- und Papierschlachten mit immer anderen Sachbearbeitern erkennen müssen, dass er legal nicht arbeiten konnte. All dies war Folge seiner Weigerung, sich in irgendeiner Weise zu einer weiteren Kooperation mit seinem ehemaligen Vorgesetzten Hauptkommissar Hauptmann, dem Leiter der Berliner Mordkommission in der Keithstraße, bereit zu erklären. Obwohl niemand das wollen konnte, war der Direktion schließlich formal kein anderer Weg geblieben, als Conrad seiner Pflichten zu entbinden. Er war eben einfach nicht mehr erschienen. Er hatte sich auch nicht um seine Versorgungsansprüche gekümmert, was seine Behörden-Gegenüber nun regelmäßig zu ungläubigem Kopfschütteln veranlasste. Oft genug wurden dann, Hilflosigkeit andeutend, Arme ausgebreitet, was wahrscheinlich ungefähr jawennseaberauchsodoofsind und dakannichihnendannnatürlichnichgroßweiterhelfen bedeuten sollte. Nun, was ihn selbst anging, war ihm das alles eher egal. Für ihn war einfach ein kompletter Bruch mit seinem bisherigen Leben nötig gewesen. Den hatte er denn auch vollzogen und das war verdammt gut gewesen, fand er. Die paar lästigen Begleiterscheinungen waren angesichts seines wesentlich verbesserten Lebensgefühls anfangs leicht zu ertragen gewesen. Inzwischen kippte die Stimmung manchmal ein wenig. Zudem blieb da dieser Haken mit den Kindern. Eigentlich wurde gar kein Geld von ihm gebraucht, dennoch wollte er unbedingt welches beisteuern, womit er sich regelmäßig übernahm. Denn bei Licht besehen – und manchmal, selten, besah er sich die Sache bei Licht – gehörte er jetzt zu den Armen. Bei Licht besehen und etwas überspitzt formuliert, führte er beinahe ein Pennerleben, ohne festes Einkommen und, wenn er das richtig verstanden hatte, auch ohne irgendeine Sozialversicherung. Okay, er hatte ein Dach über dem Kopf und das Dach gehörte sogar ihm. Einesteils jedenfalls. Andernteils natürlich der Bank. Und was für ein Dach – er mühte sich seit zwei Wochen, es dicht zu kriegen, seit dieser verfluchte Regen andauerte. Dass Dächer sich bei trockenem Wetter wesentlich besser abdichten ließen, war ihm mittlerweile klar geworden, und schon wieder waren ein paar der Eimer voll. Conrad schleppte sie zum Fensterchen und kippte ihren Inhalt hinaus. Bei so einem Wetter war es in seinem Häuschen fast völlig dunkel, es wurde Zeit, dass er sich um die Elektrik kümmerte.

3. Kapitel

Freitag, sechster Februar.

»Ich versteh das alles nicht, Hans. Du bist doch nicht dumm oder so – ich mein, wir kennen uns doch nun wirklich schon sehr, sehr lange und noch nie hast du so was Merkwürdiges getan. Ich mein, ich weiß ja, dass du dich bei uns hier vielleicht nicht so besonders wohl fühlst, uns vielleicht auch nicht so sehr magst, aber kennen tut man sich ja doch ...«

»Nicht doch! Natürlich mag ich euch, nun lass das mal.«

»Ja, wenn du meinst, also gut. Aber wie soll das denn weitergehen mit dir, wenn du ...«

»Mama, bitte!«

Conrad warf einen dankbaren Blick zu Jule hinüber. Er war bei seinen kurzen Besuchen in Volksdorf auf ihre Hilfe angewiesen, da er mit ihrer Mutter nicht gut Streit anfangen konnte.

Jeden Freitag gegen Nachmittag holte er die Kinder ab. Alle Bedenken, Conrads Bruchbude sei für die Kinder unzumutbar oder doch zumindest völlig ungeeignet, hatten sich rasch als übertrieben erwiesen. In dem Häuschen selbst war es zwar furchtbar eng und überdies renovierungsbedingt unordentlich, aber es störte die Kleinen einfach nicht, sie fanden es eher gemütlich wie in einem Zelt. Und wenn es gerade mal nicht so stark regnete, boten die kleinen Höfe und Gänge zwischen den Gruben und der Obertrave ein wunderbares Terrain zum Erkunden und Versteckspielen. So hatten sie binnen kurzem geheime Verbindungswege zwischen dem Grützmacher Hof und Blohms Gang zur Effengrube und von Danats Gang über das System Stüwes Gang, Kruses Hof und Grützmachers Hof wahlweise in den winzigen Petersens Gang oder zum Rademacher Gang ausgekundschaftet, auf denen ihnen kein Erwachsener folgen konnte – sie führten wegen der gemauerten, teils originalen, teils später eingefügten Barrieren schon mal durch einen unverschlossenen Keller. Und in Petersens Gang, der eigentlich nichts als eine sehr kurze Sackgasse war, ging es von hinten sowieso nur direkt durch Tante Ketelsens Küche.

Am Samstagvormittag fuhr Conrad mit ihnen zu den Discountern in den Vororten. Sie spielten immer Detektiv – die Aufgabe bestand im Wesentlichen lediglich darin herauszufinden, wo was am billigsten war, aber es machte trotzdem Spaß. Konnte das Zeug dann auch qualitativ mithalten, wurde es auf die Okay-Liste geschrieben. Die hing in der Küche, die auch der Wohn- und Schlafraum war, an der Wand und musste ständig aktualisiert werden. Käse von Norma, Waschmittel bei dm, Schokolade und Spaghetti von Aldi, Kekse und Klopapier bei Lidl, Wein und Espresso für Papa bei Vittorio. Conrad hatte früher edler eingekauft. Zu Aldi und Co zu gehen, kostete ihn deshalb zunächst einige Überwindung: Er gehörte, so dachte er dann wieder einmal, jetzt ja wohl zur Unterschicht, oder? Aber das war schnell vorbeigegangen. Die Unbefangenheit der Kinder, die in Hamburg zwar nach wie vor mit feineren Dingen versorgt wurden, das Papa-hat-kein-Geld-Problem aber ohne weiteres akzeptierten und sogar ganz spannend fanden, half dabei kräftig mit. Sie murrten kaum, wenn es wieder mal nicht für den gemeinsamen Kinobesuch reichte, und ertrugen die miserable Bildqualität der wenigen Sender, die Conrads alter Fernseher empfangen konnte.

Wenn es kalt war oder regnete, bestaunten sie das einzige geborgene Rettungsboot des weit draußen im Atlantik gesunkenen Viermasters »Pamir« in der Schifferkirche, die in der »Bombennacht« aus einem der Türme von St. Marien gefallenen und am Boden zerschellten riesigen Glocken, langweilten sich bei der Betrachtung der kunsthistorischen Schätze im St. Annenkloster oder spielten Fangen zwischen den langen Reihen der unglaublich engen mittelalterlichen Wohnkabinen im Heilig-Geist-Hospital.

An schöneren Tagen erkundeten sie das Gewirr der Gänge weiter weg von Conrads Haus, gerieten meist in Sackgassen, fanden manchmal aber auch unerwartete Durchlässe. Oder sie begutachteten die Schiffe im Hafen. Oder sie fuhren mit dem Lift auf den Petriturm, ließen sich vom Wind durchpusten und konnten manchmal bis zum Meer hinübersehen. Und im Sommer fuhren sie gleich dorthin, badeten am mecklenburgischen Strand oder wanderten die holsteinische Steilküste entlang. Abends machten sie Spaghetti mit Knoblauch und Butter oder Kartoffeln mit Ingwer. Oft auch Kartoffeln mit Knoblauch und Butter oder Spaghetti mit Ingwer. Danach spielten sie Mensch-ärgere-dich-nicht.

Das hatte Conrad persönlich aus der Mottenkiste geholt und wieder eingeführt. Er fand, dass es wie kaum ein anderes Spiel geeignet war, die psychische Beschaffenheit der Teilnehmer bloßzulegen. Die Steigerungsform war natürlich Monopoly. Einer Familie oder Gruppe, die einen Monopoly-Abend ohne schwere Zerwürfnisse überstand, konnte so leicht nichts passieren, fand er.

Vorläufig fiel Monopoly aus, sie hatten es nicht, und Tim hätte ohnehin nicht ganz durchgeblickt. Aber Mensch-ärgere-dich-nicht tat es durchaus auch. Nach weniger als zehn Minuten konnte Lilli tödlich beleidigt sein und sich weigern weiterzuspielen. Alle, behauptete sie dann, seien gegen sie verbündet. Wenn Conrad noch ein bisschen weiter intrigierte, konnte die sanftmütige Hella wutentbrannt die Steine vom Tisch wischen. Dann schrie schließlich auch Tim herum, weil er bisher am besten gestanden hatte, und es wurde Zeit für die sozialpädagogische Analyse des Spielverlaufs. Wenn Conrad damit fertig war, spielten sie noch drei Runden, er deichselte es so, dass jedes Kind einmal gewann und er war jedes Mal Letzter und ärgerte sich fürchterlich. Sie lachten ihn denn auch immer ordentlich aus und trampelten ein wenig auf ihm rum und hatten einen wunderbaren Abend. Wenn sie dann alle schließlich im Bett lagen, zischte Conrad schnell noch ein, zwei Bier weg – nur so zum Einschlafen und gegen den Appetit, der sich spätabends immer bei ihm meldete. Dann las er noch mal die ersten zwölf Zeilen irgendeiner fetten Schwarte, die ihm gestern schon so schön einschläfernd vorgekommen waren.

Alles in allem hatte er noch nie so viel Zeit für die drei gehabt und in einem guten Augenblick konnte er denken, wie gut und richtig und leicht doch alles war, Geld hin oder her. Und wie wenig er der gängigen Vorstellung vom *lonesome guy* entsprach, der frustschiebend und mit nikotingelben Fingern seinen früheren beruflichen Heldentaten und der Liebe seines Lebens nachhing.

Eine andere Sache war es, wenn er am Sonntagabend nach Ablieferung der Kinder in Hamburg wieder die Autobahn entlangfuhr. Einer Woche entgegenfuhr, angefüllt mit schlechten Jobs und der quälend langsamen Instandsetzung seines Häuschens, die er ohnedies nur weiterführte, weil man es ihm andernfalls über kurz oder lang wieder wegnehmen würde. Dann brüllte er im Duett mit Van Morrison, der aus den schlechten Lautsprechern schepperte: »my memory it does not lie – of the beauty of the days gone by – it brings a longing to my soul – and keep me young as I grow old«. Dann konnte es passieren, dass er sehr an sich halten musste, um nicht an einer Raststätte zu halten und seine letzten Kröten für zweitklassiges Bier in Einwegflaschen auszugeben.

4. Kapitel

Montag, neunter Februar, starker Regen. Es war noch nicht besonders spät, aber der Himmel war schon auf eine weiß-graue Art schwarz, wie das nur ein griesgrämiger nordischer Regenhimmel im Winter hinbekam. Conrad ging schräg über eine der »Gruben« genannten Straßen, die zum Wasser hin abfielen, und dann durch die Lichte Querstraße. Auf den bucklig gewölbten, blank gewetzten Kopfsteinen spiegelten sich das funzelige Licht der wenigen Laternen und Conrad fragte sich, ob seine Kinder ihr Revier wohl schon auf die Gänge hier ausgedehnt hatten. Er passierte noch eine Grube, deren Namen er nicht wusste. In der gegenüberliegenden Straße wurde es noch ein paar Grade finsterer. Als er zum Schild hochsah, konnte er schwach erkennen, dass sie Düstere Querstraße hieß. Guter Name, dachte er, und dass der kleine Gang, der sich kurz vor dem Ende der Gasse rechts vor ihm auftat, zu langweilig aussah, um den Abenteuer-Geschmack der Kleinen voll zu treffen.

Was ihn dann traf, war allerdings umwerfend. Der Schlag kam so plötzlich, dass er zunächst gar nicht verstand, was passierte. Er bekam auch kaum mit, wie er zu Boden ging. Erst, als er in den fast ganz dunklen Gang hineingezerrt wurde und schwere Stiefel zutraten, versuchte er, zumindest Kopf und Organe zu schützen, so gut es eben ging. Es waren eine ganze Menge Stiefel, sechs oder auch mehr. Er wunderte sich noch, wie wenig es wehtat. Die Tritte hörten irgendwann auf. Eine riesige Kralle packte Conrad am Kragen und zog ihn ein Stück weit hoch. Ein Männergesicht schob sich dicht vor seine Augen. Es war sehr groß und sehr brutal, zugleich aber auch schmal und melancholisch. Conrad hatte keine Ahnung, was das alles sollte, aber er konnte sich trotzdem denken, was jetzt kommen würde: Der Typ würde ihn ein bisschen beschimpfen, anspucken, ein paar Mal kräftig schütteln und ihm erklären, dass er oder sein Boss oder wer auch immer so jemanden wie Conrad nicht ausstehen könne. Dass er sich das gefälligst merken solle, sonst ... Und beim nächsten Mal werde man nicht so zimperlich mit ihm umgehen wie diesmal.

»Du kleiner Wichser, hör mir mal gut zu!«, zischte der Riese mit überraschend dünner Stimme und schüttelte Conrad kräftig durch. »Was wir überhaupt nicht leiden können, sind solche Spinner, die uns in unsere Angelegenheiten reinpfuschen wollen. Merk dir das gefälligst!« Er spuckte Conrad ins Gesicht. »Wenn wir dich noch mal erwischen, geht's dir dreckig, kann ich dir sagen, aber richtig dreckig. Das wird nicht so schnuckelig wie diesmal, klar?« Zur Bekräftigung schüttelte der Kerl sein Opfer wieder ein bisschen. »Ob das klar ist?«

»Is glar«, brachte Conrad mühsam hervor, der trotz allem beinahe hätte lachen mögen. Bestimmte Synapsen seines Hirns hielten es für angezeigt, einen vorher unterbrochenen Gedanken zu Ende zu führen und wahrzunehmen, dass der Gang weiter innen viel abenteuerlicher aussah als vorn.

»Das will ich auch hoffen«, piepte der Riese – er hatte wirklich die Stimme eines traurigen, kleinen Kanarienvogels in irgendeinem muffigen Oma-Wohnzimmer. Jetzt wird er mir wohl noch eine verpassen und dann abhauen, dachte Conrad.

Der Kanarienvogel holte aus und verpasste ihm zum Abschied noch eine.

5. Kapitel

Dienstag, siebzehnter Februar. An den beiden auf den Überfall folgenden Tagen war Conrad körperliche Arbeit ziemlich schwer gefallen. Deshalb hatte er sich zunächst auf leichtere Dinge wie Einkaufen und das Abkleben von Rahmen und Gebälk zur Vorbereitung des Anstrichs der soweit ausgebesserten Wände beschränkt.

Als es wieder besser ging, erstand er im Baumarkt einen billigen Sicherungskasten und versuchte eine halbwegs verantwortbare Verschaltung hinzukriegen, alles über Putz natürlich, er war ja nicht bescheuert, trotzdem kostete ihn diese Aktion fast vier volle Tage.

Beim Streichen schließlich fiel sein Blick auf einen verkleckssten Artikel im örtlichen Lokalblatt, Thema war seit über zwei Wochen der Tod der Organistin, irgendwie tröstlich, dachte Conrad, in Berlin hätte sie es kaum auf drei Tage gebracht. Dem Artikel zufolge war man sich noch nicht ganz schlüssig, ob es sich um Mord oder einen Unfall handelte, auch irgendetwas dazwischen war denkbar. Die Frau, die die Leiche gefunden und den anonymen Notruf getätigt hatte, wurde dringlich aufgefordert sich zu melden. Natürlich wurde über eine Verwicklung dieser Unbekannten in den Hergang spekuliert. Es gab Erkenntnisse, die auf Fremdbeteiligung hindeuten konnten, jedoch nicht notwendig mussten, so etwa der ungewöhnliche Umstand, dass ein geknotetes Tuch in der Eisschicht gefunden worden war, das die Tote möglicherweise als Augenbinde getragen hatte, ob nun freiwillig oder nicht – die Maße des Tuchs stimmten allerdings mit dem Kopfumfang nicht genau überein. Labortechnische Untersuchungsergebnisse würden folgen. Auch was die unmittelbare Todesursache anging, schien es Unklarheiten zu geben, die endgültigen medizinischen Befunde standen ohnehin noch aus.

Diese Unklarheiten fand Conrad zunächst ganz und gar merkwürdig. Immerhin hatte er die Frau ja gesehen, und wenn jemand wahlweise nach Ertrinken oder Erfrieren oder auch beidem zugleich aussehen konnte, dann war sie das gewesen. Bei genauerem Nachdenken wurde ihm aber klar, dass dieser Eindruck sicher durch das Eineisen hervorgerufen worden war. In Wirklichkeit, so schien es ihm jetzt, hatte das Gesicht der Toten vor allem einen Ausdruck gehabt: den eines Menschen, der leben will und erkennt, dass er sterben soll. Und außerdem ziemlich schmerzverzerrt, verkrampft.

Dann dachte er wieder einmal über den rätselhaften Überfall auf ihn, Conrad, nach. Irgendwer hatte ihn da ja wohl auf dem Kieker. Reflexartig hatte er sofort nach einem Zusammenhang gesucht. Er überlegte, ob er auf dem Eis beobachtet worden war. Das war natürlich möglich, aber die Aktion ergab dadurch auch noch keinen Sinn.

* * *

Ein paar Stunden später – der erste Anstrich war aufgebracht und musste trocknen – saß Conrad in der Cafeteria der Stadtbibliothek und studierte die Nummern der Lokalzeitung der letzten zwei Wochen. Anfangs eher unkonzentriert, immer wieder erhob er sich und wanderte herum. Die verblüffend wirkungsvolle Synthese aus alten und neuen Bestandteilen des Gebäudes gefiel ihm gut, auch die den jeweiligen Räumen entsprechend mal einladend lichte, mal staubig und abweisend streng wirkende Unterbringung des Buchbestandes. Okay, dies war nicht die Stabi, dies war nur die städtische Bücherei einer bestenfalls mittleren Großstadt. Aber erstens war Conrad in seiner Berliner Zeit kaum mal in der Stabi gewesen und zweitens hatte das, was ihn hier anflog, diese hübsche Mischung aus überraschend weltoffener Kultur und behüteter Provinzialität, einfach mehr Charme.

Draußen auf der Hundestraße führte ein hoch gewachsener Mann mit Schnauzbart und langem Mantel seinen Dackel durch den Regen spazieren. Conrad holte das zweite Glas Tee. Man bekam hier nur sehr grausamen Kaffee. Der Tee war zwar auch nichts, aber das war egal, er mochte Tee sowieso nicht besonders. Die Fotos, die die Mitarbeiter des Lokalblattes für die verschiedenen Nummern aufgetrieben hatten, waren offensichtlich sehr unterschiedlichen Datums, nur zwei erinnerten Conrad entfernt an das Gesicht, das er gesehen hatte. Das eine davon sah aus wie ein gewöhnliches Pass- oder Bewerbungsfoto, das andere zeigte die Bruns lächelnd mit Blumenstrauß, laut Bildunterschrift nach einem ihrer weithin geschätzten Orgelkonzerte. Ihre Hand wurde geschüttelt von einem älteren, etwas übergewichtigen Herrn. Wiederum laut Bildunterschrift war das der Propst, Dr. theol. Gerhard Priess. Im Hintergrund waren noch zwei lachende Frauen zu sehen, eine eher hübsch, eine auffallend hässlich, daneben ein junger Mann mit ernstem Gesichtsausdruck und, halb verdeckt, ein weiterer Mann. Laut Zeitung handelte es sich um »Freunde und Kollegen der Verstorbenen, v.l.n.r.: Maria von Sternberg, Ruth Klever, Christian Th. Matthies, Raoul A. Leister«. Na, dachte Conrad überheblich, die werden sich freuen, hier mit vollem Namen zu erscheinen, aber so ist das eben bei Mord in der Provinz. Den Mann namens Leister, da war Conrad beinahe sicher, hatte er schon in der Stadt gesehen. Er war ihm aufgefallen wegen seines teuer aussehenden, dunklen Mantels und dem davon deutlich kontrastierenden, blassen Gesicht sowie dem hellblonden Haar. Die Gesichter der beiden Frauen, des anderen Mannes und des Propstes dagegen sagten Conrad nichts.

Er las, dass Ulrike Bruns aus einem Dorf in der Gegend von Niebüll stammte. Sie war erst seit knapp zwei Jahren am Dom gewesen und hatte sich in dieser relativ kurzen Zeit bereits ein gewisses Renommee erspielt. Sie hatte als echte Hoffnung gegolten, zumal sie gerade erst dreißig geworden war. Sie galt als Kennerin sowohl der alten Meister als auch der klassischen Moderne und der Avantgarde. Dazwischen allerdings schien sie sich nicht sonderlich zu Hause zu fühlen, weder an der Orgel noch bei den Vokalwerken. Kompositionen aus der Zeit nach dem siebzehnten und vor dem zwanzigsten Jahrhundert, also etwa auch Bach, überließ sie weitgehend anderen. Sie galt menschlich als freundlich aber zurückhaltend, dabei musikalisch als ausgesprochen experimentierfreudig, war bei Kollegen und den Mitgliedern des Domchores beliebt und so weiter.

Conrad sah in den Regen hinaus. Dann sah er sich noch mal die Fotos der Toten an. Sonderlich hübsch war sie nicht, aber das wäre vielleicht auch ein bisschen viel gewesen. Schon so konnte man sich angesichts eines solchen Erfolgsmenschen irgendwie minderwertig fühlen, vor allem, wenn dieser Mensch auch noch sympathisch war. Na ja, nur kein Neid, dachte Conrad dann, immerhin hatte er nur ein paar auf die Fresse gekriegt – und sie war tot. Ob diese Dinge wirklich miteinander zusammenhingen, war ja keineswegs sicher. Aber ziemlich sicher würde er alles tun, um sich dieses einen Vorzugs, den er der Bruns gegenüber hatte, noch ein Weilchen erfreuen zu können. Was nicht heißen sollte, dass er den Mann mit der Vogelstimme in Ruhe lassen wollte, im Gegenteil, den würde er sich schon noch zur Brust nehmen.

Aber zurück zur Sache, mahnte er sich. Beim Studium der letzten noch verbliebenen Nummern las Conrad, dass die Mutter der Toten nur zwei Jahre nach deren Geburt gestorben sei, dass es keine Geschwister gab und dass der Vater, zu dem sie ein sehr enges Verhältnis gehabt hatte, seit gut sieben Jahren Vogelwart auf einer Nordseehallig namens Süderoog war. Er lebte dort allein, Ulrike Bruns hatte ihn bis zu ihrem Tod häufig besucht.

»Ach, du ahnst das nich«, murmelte Conrad halblaut, »ganz alleine da draußen? Jetzt, nach der Sache etwa auch? O ha!« Und dass er diesen Mann, den alten Bruns, gern mal sprechen würde. Allerdings dürfte es leichter zu bewerkstelligen sein, zunächst ein Gespräch mit einem der Freunde des Opfers zu organisieren.

Conrad brachte die Zeitungen zurück und fragte die Bibliothekarin, ob er ein möglichst aktuelles Telefonbuch ausleihen könne. Die Dame empfahl ihm, es doch einfach am Kartentelefon im Eingangsbereich zu versuchen. Er fand die Namen, ausgenommen den von diesem Leister. Sicher einer von denen, die nur ein Handy haben, dachte er. Unter Klever fand er nur den Eintrag »Klever, R.« ohne Angabe einer Adresse. Hier versuchte er es zuerst, weil sie auf dem Foto besser ausgesehen hatte.

»Klever.« Eine überraschend tiefe Stimme, fand Conrad.

»Guten Tag, mein Name ist Conrad. Spreche ich mit Frau Ruth Klever? Ja? Ich würde gern mit Ihnen über ihre verstorbene Bekannte Ulrike Bruns spre...«

»Sind Sie von der Presse oder so was?«

»Ich, ähm, nein, ich würde nur ...«

»Ach so, dann entschuldigen Sie bitte. Tja, dann sind Sie

wohl ein Verwandter?« Die Stimme hatte einen freundlicheren Klang angenommen.

»Nein, auch nicht. Ich habe Frau Bruns nicht gekannt«, sagte Conrad wahrheitsgemäß. »Ich interessiere mich aus einem anderen Grund für ... tja, das ist jetzt am Telefon nicht ganz einfach zu erklären, wäre es wohl möglich, dass ich Sie zu einem persönlichen Gespräch treffen kann?«

»Warum denn? Nein.« Die Klever machte wieder dicht. Conrad konnte es ihr nicht verdenken. Er hätte sich vorher etwas Vernünftiges zurechtlegen sollen.

»Ja, weil ...«

»Bitte rufen Sie nicht wieder an.« Die Verbindung wurde abgebrochen.

Spitze, dachte Conrad, während er die Nummer von Maria von Sternberg eintippte, natürlich immer noch ohne jeden Plan. Da nur ein Anrufbeantworter ansprang, versuchte er es beim Anschluss von Christian Th. Matthies.

»Matthies, guten Tag!«, sagte eine freundliche und zugleich zurückhaltende Stimme. Als Conrad sein Anliegen vorbrachte, antwortete die Stimme zögernd: »Na ja, ich habe aber doch schon mit der Polizei gesprochen. Also mit Herrn Wullenwever ...«

Das sei ihm bekannt, log Conrad, gab sich als Oberkommissar Hansen aus, Mordkommission, ein weiteres Gespräch erscheine aus einer Reihe von Gründen sinnvoll, dies sei in keiner Weise ungewöhnlich und könne je nach Ermittlungsstand immer mal vorkommen, da wisse man nie, was für Fragen als Nächstes auftauchten.

Matthies machte keine Schwierigkeiten. Sie verabredeten ein Treffen am frühen Abend im »alten Zolln«, einem der traditionsreichen Bierlokale der Altstadt. Es handelte sich um ein schwer und düster möbliertes Relikt aus alten Zeiten, nicht gerade Conrads Stammkneipe, lauter Musik- und Medizinstudenten, aber für Matthies offenbar gerade richtig. Jedenfalls hatte er diesen Ort ohne lange nachzudenken vorgeschlagen.

* * *

Conrad kam etwas zu spät, stolperte aber beinahe sofort über Matthies. Der Mann hatte sich an einen zugigen Platz direkt am Eingang gesetzt, wohl um das Treffen zu erleichtern. Sehr gut, dachte Conrad, der denkt mit, schlug aber vor, nunmehr an einen der Tische weiter innen umzuziehen, von denen um diese Zeit noch einige frei waren. Matthies war offen und gesprächsbereit. Zunächst ging es natürlich um Ulrike Bruns, zu der er ein freundschaftliches Verhältnis gehabt habe, wenn es ihm zu seinem Bedauern auch nie gelungen sei, einen letzten Rest Distanz zu überwinden. Distanz ihrerseits.

»Ich hätte sie vom Fleck weg geheiratet«, gestand er freimütig, »das war von Anfang an so und hat sich bis zu ihrem furchtbaren Tod nicht geändert. Und ich glaube, das ging mehreren so. Ulli war wirklich sehr beliebt, richtig umworben kann man sagen. Aber trotzdem irgendwie schüchtern. Oder sogar verschlossen, ich weiß nicht, wie ich das beschreiben soll.«

»Vielleicht wegen ihres Vaters? Der ist doch sicher sehr einsam auf seiner Hallig, da kann es doch sein, dass sie seinetwegen ein schlechtes Gewissen hatte.«

»Ach das, ja, das ist schon klar. Aber deshalb ein schlechtes Gewissen – nö. Sie konnte darüber ganz offen sprechen. Sie hat ihren Vater doch oft besucht und auch versucht, ihm dieses Einsiedlerdasein auszureden. Ich glaube wirklich, sie hat das Menschenmögliche getan für ihren Vater. Traurig war das für sie natürlich trotzdem ... na, aber da war sicher noch etwas anderes, etwas, das so schlimm war, dass sie sich deshalb umgebracht hat.«

»Ach! Sie glauben, das war kein Mord?«

»Nein. Absolut nicht. Auch kein dummer Unfall. So was passt überhaupt nicht zu ihr. Gut, das kann aus Sicht der Polizei kein Argument sein. Für mich aber schon. Ulli hat, wie gesagt, schon immer so was leicht Düsteres an sich gehabt – so was Melancholisches. Oder, ganz krass gesagt und im Nachhinein: so was wie Todessehnsucht.«

»Na, aber trotzdem kann doch auch so jemand Opfer eines ...«

»Ja ja, aus Ihrer Sicht schon, aber ich weigere mich das zu glauben. Ich glaube es wirklich nicht. Ich glaube, dass Ulli freiwillig ins Wasser gegangen ist. Sie hat vielleicht vorher irgendwelche Tabletten genommen, damit sie nicht so viel spürt. Hat sie nämlich manchmal, das weiß ich und ich habe sie deshalb auch mal kräftig ausgeschimpft. Diesmal hat sie, hoffe ich, ordentlich viele davon genommen. Ist dann zu drei Vierteln bewusstlos auf das dünne Eis raus, und dann ...«

Von wegen bewusstlos! Conrad hielt es für besser, dem jungen Mann keine genaue Beschreibung des Gesichtsausdrucks der Toten zu liefern. Sollte der seine Illusion vom sanften Entschlummern seiner Freundin behalten. Also nickte er nur und sagte: »Vielleicht habe Sie Recht. Ich hoffe es. Trotzdem muss das nun mal genau geklärt werden, sehen Sie ja sicher durchaus ein. Selbstmord, Unfall – geht uns von der Mordkommission nichts an. Wenn es aber doch ein Mord war, brauchen wir noch mehr Anhaltspunkte. Zuallererst interessieren uns natürlich Konflikte im Leben von Frau Bruns. Sprich: Feinde. Dann auch finanzielle Verhältnisse, eben alles, woraus Komplikationen entstehen können.«

»Hab ich doch Ihrem Kollegen alles schon zehnmal gesagt.« Matthies schien nun die Schotten dicht machen zu wollen. »Sprechen Sie nicht miteinander in Ihrer Behörde?«

»Ja doch, natürlich. Kollege, äh Wullenwever hat mir durchaus den Inhalt der Vernehmung – also, da existiert ja auch ein Proto...« Nein, so ging das nicht. Er durfte sich die Sache nicht einfach aus der Hand nehmen lassen, dachte Conrad. »Sie haben Ihren bisherigen Angaben nichts hinzuzufügen?«, fragte er förmlich.

»Nein. Keine Feinde. Würde mich jedenfalls sehr wundern. Keine aktuellen Nöte oder Sorgen, von den eher seelischen, die ich bereits zu beschreiben versucht habe, einmal abgesehen.«

Na bitte, geht doch, dachte Conrad und fragte: »Sie erwähnten vorhin, dass Sie Frau Bruns gern geheiratet hätten. Das ist doch auch Konfliktpotenzial – können Sie mir glauben, hatten wir schon öfter. Und dass außer Ihnen selbst noch andere Personen starke Gefühle gegenüber der Verstorbenen hegten, was meinen Sie, könnte da nicht bei einem mal ...« Da fiel Conrad plötzlich etwas ein. »Was wissen Sie eigentlich über Herrn Leister? Raoul A. Leister?«

Matthies' Gesicht verschattete sich. »Oh Gott, der! Also den kann ich nun gar nicht ab, muss ich Ihnen ganz ehrlich sagen. Ich verstehe nicht, was Ulli an dem fand. Sie hat ihn immer als einen guten Freund bezeichnet. Ja, also da haben Sie Recht, der wollte ganz offensichtlich mehr von ihr. War überall, tauchte zu den unmöglichsten Gelegenheiten auf in seinem hässlichen Aufzug – Feiern, Jubilarien, Konzerte. Das muss Ulli manchmal ganz schön in Verlegenheit gebracht haben, sie ist doch immerhin in einer gewissen Position gewesen. Da war sie eisern, stand zu ihren Freunden, wirklich toll eigentlich – aber, bei dem Typ? Jedenfalls, er hat sie nicht rumgekriegt.«

»Und?«

»Was und? Ach, Sie meinen ... Nein, das ist Quatsch. Ich habe Ihnen doch gesagt, das war kein Mord. Und Leister – ich kenne ihn kaum, nur über Ulli und da habe ich mich dann auch nicht groß mit dem unterhalten, wie Sie vielleicht verstehen werden. Also, er ist zwar widerlich, aber, na ja, so fair muss man sein: Dass der Typ aus gekränkter Liebe oder sonst was jemanden umbringen würde, möchte ich ihm denn doch nicht nachsagen. Nein.«

Der Raum füllte sich zusehends. Conrad war schon beim zweiten Bier gewesen und bestellte noch eins. Zu seiner Überraschung hielt Matthies locker mit und es wurde noch ein ganz netter Abend. Weil Matthies im Gespräch immer mal wieder das Thema Musik streifte, fragte Conrad später am Abend, was Matthies denn beruflich tue, und erfuhr von seinem konsternierten Gegenüber, dass er zunächst Orgelbauer und dann Organist geworden sei, also ein Kollege der Toten, die er doch auch an jenem Sonntag vertreten habe, als noch niemand wusste, was mit ihr geschehen war, die er im Übrigen noch immer vertrete, falls man das nun noch so nennen könne, und das alles habe er doch dem Herrn Wullenwever ...

Ja, es sei in der Tat völlig unverständlich, dass ihm so etwas entfallen konnte, wand sich Conrad, das müsse wohl dem Bier zuzuschreiben sein, zudem sei er erst vor kurzem aus dem Urlaub zurückgekommen und deshalb noch nicht gänzlich mit allen Einzelheiten des Falles vertraut.

Matthies winkte ungeduldig ab: »Da fällt mir grade was ein. Sie hatte Streit, stimmt, Ulli hatte Streit, doch. Gar nich lange her, da ging es richtig laut zu, das war ganz ungewöhnlich. Mit Priess!« Dann schlug er die Hand vor den Mund. »Oh Gott! Also nich dass Sie jetzt denken, ich will sagen, Propst Priess hätte was damit zu tun!«

»Nun, das wird man sehen. Immerhin ist es interessant«, sagte Conrad ruhig. Ein wenig haben Sie mir ja doch weiterhelfen können, Herr Matthies. Ich denke, es wird Zeit für mich.« Conrad erbat die Rechnung und sagte: »Das geht zusammen«, was der Organist zunächst ablehnte. Es handelte sich um eine ganz hübsche Summe, Conrad bedauerte seine Großzügigkeit bereits, doch der Organist hatte das Argument, so was setze er, Conrad, als Spesen ab, inzwischen akzeptiert.

6. Kapitel

Samstag, einundzwanzigster Februar. Conrad war längst wieder vollkommen hergestellt. Er ging mit den Kindern auf einen Spielplatz, der in Sichtweite zum vergleichsweise langweiligen Klughafen lag. Auf Spielplätze ging Conrad eigentlich ganz gern und zwar wegen der Inschriften, welche Mülleimer, Bänke und die als Kletter- oder Spielangebote gedachten Holzbauten zierten.

»Elisa du Vicksau verkauf dein Arsch an andere. Gez. alle die dich hasen« konnte dort eine der Botschaften lauten, oder »Ali ist ein Hurensohn und ein Wickser«. Manchmal gab es Kommentare anderer Urheberschaft darunter wie »Wer das geschrieben hat, hat keine Ahnung. Gez. Susanna«, die wiederum mit einem schlichten »Susanna du Votze« gekontert wurden. Unterstützende Zeichnungen fehlten nie, stets gab es allerhand Genitalien zu bewundern, ungelenk hingekritzelt, Strichellinien stellten Ejakulationen dar. Conrad las »Benny fick dich und Andy dein Zwitter« und fand unter einem durchgestrichenen (und falsch gemalten) Hakenkreuz ein echtes Kleinod: »Du Ohrläppchen von deim Vater« stand da. Ungläubig und mit schiefgelegtem Kopf verharrte Conrad in stiller Betrachtung seines Fundes, bemerkte dann aber mit einigem Unbehagen, dass Hella, durch sein Beispiel angeregt, nun ebenfalls den Versuch unternahm, einen dieser Grüße durchzubuchstabieren.

Es konnte nicht schaden, sich ein bisschen umzuhören, fand Conrad. Er dirigierte die maulenden Kindlein, die hier nicht weg wollten, vom Spielplatz aus um ein paar Ecken. An einer schönen hochschiffigen Kirche, die einen Dachreiter, aber keinen Turm besaß, und die Conrad trotz ihrer zentralen Lage zum ersten Mal auffiel, hatten sie die Höhe ihrer Entschädigungssumme bereits auf je ein Kids-Menü getrieben, in der Breiten Straße setzten sie die Verhandlungen fort und als schließlich Conrads Ziel, eine alteingesessene Musikalienhandlung, erreicht war, stand der Kurs bei Menü plus Extra-Pommes plus Eis.

»Mitten im Winter!«, protestierte Conrad, aber Lilli wischte den Einwand ungehalten beiseite.

»Mahann, da is doch gehaheizt! Was denkst du denn?«

»Okay. Mir egal. Dafür haltet ihr jetzt drei Minuten die Klappe und guckt euch schön ... was weiß ich, die Querflöten da an. Aber nich anfassen, Tim!« Conrad bemerkte noch, dass Tim nicht so aussah, als ob er eine Querflöte auch nur mit Handschuhen berühren würde, dafür steuerte er schon auf die Schlaginstrumente zu.

Conrad wandte sich an eine Verkäuferin oder Beraterin, die höchstens halb so alt war wie er und auffallende Kurven besaß. Er gab den kultivierten Herren, erwähnte sein Interesse für geistliche Musik und bald waren sie beim Thema. Er ließ seinen Blick ziemlich offen an ihrem Körper hinunter- und wieder hinaufgleiten, dafür lächelte sie ihn ziemlich offen an. Dann quetschte er sie ein bisschen aus. Sämtliche Kirchenmusiker der Stadt bezögen ihre Literatur weitgehend hier, so habe es auch Frau Bruns gehalten. Mit Abstand am meisten setze man mit den gängigen Sachen für die vielen Kirchenchöre um, klar, da käme natürlich einiges zusammen bei so vielen Mitwirkenden. Der Messias sei so ein Klassiker, dann Heinrich Schütz, Brahms, öfter auch Mendelsohns Elias und immer wieder die Bach-Passionen und Kantaten. Was die Organisten für einmalige Solo-Darbietungen benötigten, falle dagegen kaum ins Gewicht. So habe man beispielsweise die seit dem Tod der Organistin so häufig erwähnten Messiaen-Meditationen in letzter Zeit so gut wie nie bestellen müssen, zum letzten Mal irgendwann im Oktober oder November des vergangenen Jahres, das wisse sie noch, weil die Beschaffung nicht ganz unkompliziert gewesen sei. Im Bereich der weltlichen Musik sehe es vom wirtschaftlichen Aspekt her übrigens ganz ähnlich aus.

»Nicht unkompliziert? Wieso denn das?«, fragte Conrad desinteressiert, er musste schließlich etwas zu diesem Vortrag sagen, um die Konversation aufrechtzuerhalten, aber nebenbei überlegte er, wer zum Himmel dieser Messiaen sein könnte und wie alt die Verkäuferin wohl sein mochte. Währenddessen ließ er seinen Blick ziemlich lange auf ihren breiten Hüften ruhen. Sie tat, als merke sie nichts und lächelte noch eine Spur breiter.

»Na ja, die gängigen Sachen haben wir zum Teil hier im Bestand. Was wir nicht hier haben, bestellen wir bei Großhändlern, wie der normale Buchhandel auch. Normalerweise kommen die Noten am nächsten Tag. Aber manchmal dauert es eben länger, weil der Großhändler die Noten auch nicht hat. Der stellt sich ja nichts ins Lager, was nie jemand will. Dann muss man sich direkt an den Verlag wenden. Obwohl: Häufig übernimmt den Vertrieb ein spezieller Verlagsservice, der dann für mehrere ...«

»Okay okay, so genau brauche ich das nun auch wieder nicht zu wissen.«

»Na gut, also, wir haben jedenfalls mindestens eine Woche länger als üblich darauf warten müssen. Übrigens haben wir dieselben Noten früher auch schon für Frau Bruns besorgt. Im Sommer oder im beginnenden Herbst. Da hat es auch gedauert.«

»Ja, okay, wie gesagt, das muss ich nicht so genau ... aber apropos, können Sie mir sagen, wie Frau Bruns auf Sie gewirkt hat? Ich meine, ganz allgemein. Und besonders, ob sich an ihrem Verhalten in letzter Zeit etwas geändert hatte?« Er fand, dass es Zeit war, einen etwas direkteren Kurs zu nehmen. Von weiter hinten ließ sich ein blechernes Scheppern vernehmen, er wollte gar nicht wissen, was das war und sah dem Mädchen direkt in die Augen. Sie wurde ein bisschen rot und wusste nun nicht richtig, wo sie hinsehen sollte, wenigstens achtete sie nicht auf das Geschepper, das, wie Conrad mit dem Teil seines Hirns, in dem das väterliche Sensorium eisern Wache hielt, feststellen konnte, gar nicht mal unrhythmisch war.

»Wie bitte? Veränderung ... ich weiß nicht, nein. Sie war eigentlich immer ziemlich distanziert, also hier bei uns jedenfalls. Da gab es nicht viel, was sich groß hätte ändern können. Oder, ich meine, woran man eine Veränderung hätte bemerken ... Also, ich weiß auch gar nicht, ob ich mit Ihnen über so etwas sprechen sollte ... sind Sie vielleicht ein Verwandter von Frau ...?« Sie drehte sich zu einem Regal und sortierte darin herum, vermutlich, weil sie die Röte in ihrem Gesicht spürte. Aber dadurch, dass Conrad sich ihren Körper jetzt von hinten genauer ansah, wurde die Sache nicht besser. Also ließ sie das Sortieren bleiben.

»Ich muss mich entschuldigen«, sagte Conrad, wobei er seine Stimme mit einem leicht vibrierenden, sonoren Teppich unterlegte. »Selbstverständlich möchte ich Sie nicht in Verlegenheit bringen. Ich habe zwar aus reiner Neugier gefragt, kann Ihnen aber versichern, dass sich keinerlei indiskrete Absichten damit verbinden.« Von hinten schallte ein fachgerecht und beherzt ausgeführtes Klavier-Cluster herüber. Jemand schimpfte und bekam eine pampige Antwort. Die Zeit wurde knapp.

»Dennoch würde ich diese für mich sehr wertvolle Unterhaltung ungern so einfach abbrechen. Wenn Sie mögen, würde ich Sie gern einmal in ein Café einladen. Oder vielleicht könnten wir irgendwann mal in Ihrer Mittagspause eine Kleinigkeit essen.«

Das war offenbar ein bisschen viel für sie. Sie hauchte: »Oh, ja? Ja, ich weiß nicht ...«, aber es war wirklich kaum zu hören, weil hinten ein ziemlich erbittertes Wortgefecht entstanden war, in dessen Verlauf irgendwie ein Becken-Stativ ins Kippeln geraten sein musste. Der Rückzug konnte nicht länger aufgeschoben werden.

»Sie können es sich ja in Ruhe überlegen. Ich komme demnächst noch einmal vorbei.«

Er war sicher, dass sie die schüchterne Unschuld nur gespielt hatte. Ein Mann spürt so was, sagte er sich.

7. Kapitel

Mitten in der Nacht stand plötzlich Tim vor Conrads Bett, sein geliebtes Rehkitz fest unterm Arm.

»Papa!« Conrad fuhr hoch, aus einem unangenehmen Traum gerissen, in dem es irgendwie um einen entsetzlichen Krieg zwischen Menschen und Maschinen gegangen war.

»He, was ist los, Kleiner?«

Tim sagte: »Hella weint.«

Hella und Tim schliefen seit eh und je am liebsten zusammen in einem Bett. Regelmäßig zog Tim deshalb nachts um zu seiner »kleinen großen Schwester«, wie er sagte. Hier im Ganghaus nicht, hier hatten sie wegen der Enge sowieso nur eine Matratze zusammen. Lilli hatte eine eigene. Sie verstand sich mit den jüngeren Geschwistern gut, war aber schon immer eher unabhängig von ihnen gewesen und würde alle beide achtkantig aus ihrem Bett jagen, sollten sie sich dort hineindrängen. Falls sie es überhaupt merken würde: Ihr Schlaf war ihr heilig und er war sehr tief. Alle drei hatten ihre improvisierten Schlaflager in dem Raum oben unterm Dach, zwischen den Wassereimern, wo es eben ging. Conrad schlief unten im »Wohnraum«, dessen größtes Möbelstück die Badewanne war. Die Treppe nach oben, eigentlich eine bessere Leiter, war mitten im Zimmer, gleich daneben der wahrscheinlich alles allein stützende Gerüstfuß. Mehr Zimmer gab es nicht, abgesehen vom Klo, das in einem von ihm persönlich abgeteilten Kämmerchen war. Die Stelle hatte er nicht ändern müssen, sie war recht günstig. Zwar hatte die Kammer kein Fenster, aber es war dort ziemlich zugig, musste eine reichlich löchrige Außenwand sein, also lüftete das Ding sich von selbst.

»Hella weint? Was hat sie denn?« Er fragte mechanisch, weil er noch nicht völlig da war, aber ihm war doch bereits bewusst, dass er wohl aufstehen musste, um sie selbst zu fragen. Trotzdem beantwortete Tim die Frage in seiner sehr exakten Weise.

»Sie will, dass Mama und Papa sich wieder lieb haben und alle zusammen wohnen.«

»Oh je!«, stöhnte Conrad und ließ sich zurück ins Kissen plumpsen. »Hella, komm mal her und bring deine Decke mit«, rief er dann halblaut nach oben, von wo leises, unterdrücktes Schluchzen zu hören war. »Tim, du musst deine Decke auch holen, wenn du hier bleiben willst.«

Als der kleine Umzug geregelt war, hatte Conrad so gut wie keinen Platz mehr in seinem Bett.

»Weißt du, Hella, im Moment ist es besser, wenn wir uns aus dem Weg gehen können, Mama und ich. Aber das kann auch wieder anders werden«, sagte er. Ein wenig von sich selbst überrascht, fügte er rasch hinzu: »Vielleicht. Wenn wir wollen und uns ein bisschen zusammenraufen. Ich kann es nicht versprechen und ich weiß auch nicht, wann es soweit sein könnte ... Hella?« Hella und Tim schliefen tief und fest.

* * *

Jule hatte schon länger in das Haus ihrer Eltern in Hamburg zurückgewollt. Die beiden waren noch in der Lage, ohne Hilfe zurechtzukommen, aber früher oder später würde sich das ändern. Dies wäre dann der richtige Zeitpunkt für den Umzug, hatte Jule gesagt, denn dann wäre allen geholfen. Ihren Eltern, weil sie Hilfe hätten, den Kindern, weil sie einen großen Garten hätten, den es in Berlin nicht gab, und ihr, weil sie Berlin seit Jahren satt hatte. Conrad könnte sich endlich von seinem halb verrückten Chef trennen – die Hamburger Kripo würde ihn mit Kusshand nehmen. Die Gegend in Volksdorf war ziemlich ruhig, fast ein wenig ländlich. In die City dauerte es dafür zwar ein bisschen, aber immerhin brauchte man nicht mit dem Auto zu fahren. Es gab Schulen und Kindergärten, Einkaufsmöglichkeiten, Ärzte und so weiter – alles in der Nähe. Jule hatte Conrad also schon mehrmals davon zu überzeugen versucht, dass sie alle eines Tages dort wohnen sollten, aber er hatte davon nichts wissen wollen.

»Ich wohne doch nicht bei meinen Schwiegereltern!«

»Mein Gott, Hans, nun hab dich nicht so. Wir sind keine Jugendlichen mehr, die sich mit ihren Eltern streiten müssen. Und ein Haus mit Garten und allem können wir uns sonst höchstens in der Lüneburger Heide leisten. Wenn überhaupt ...«

»Was hast du gegen die Lüneburger Heide? Da gibt es schöne frische Luft und jede Menge Grünzeugs und ...«

»Und hundert Kilometer zur Arbeit. Hans, ich habe überhaupt nichts gegen die Heide, ich hab auch nichts gegen Usedom oder was weiß ich, Lappland, aber wir brauchen Schulen und Arbeit und und und, das weißt du so gut wie ich. Außerdem will ich auch mal ins Kino oder in ein vernünftiges Restaurant.«

»Ja ja, schon gut, ich weiß. Aber trotzdem. Volksdorf! Bei deinen Eltern!«

»Jetzt geht das schon wieder los!«

So waren diese Unterhaltungen immer verlaufen. Conrad erinnerte sich mit einem halb wehmütigen, halb erleichterten Lächeln. Er war noch mal davongekommen, lebte wie er wollte und musste sich nicht »ernsthaft ins Gewissen reden« lassen, wie Jules Vater das immer nannte, und doch endlich anerkennen, dass stabile Verhältnisse und wertkonservative

Grundüberzeugungen der einzige Weg seien, den Kindern eine Zukunft zu geben. Aber langsam merkte er, dass er einen hohen Preis gezahlt hatte. Okay, er war frei, und er war auch ein bisschen stolz auf das, was er getan hatte: Er hatte realisiert, dass er seinen Job einfach nicht mehr wollte. Dass er nicht mehr daran glaubte. Außerdem hatte er dem Laden in Berlin gezeigt, was er von ihm hielt. Und er hatte den Mut gefunden, eine sterbende Ehe als solche auch zu sehen und zu bezeichnen. So weit, so gut.

Aber nach dem anfänglichen Hochgefühl, das hauptsächlich darin bestanden hatte, sich selbst überhaupt wieder zu spüren, musste er sich eingestehen, dass er langsam absackte. Was er jetzt tat, konnte es irgendwie auch nicht sein: Sich von Tag zu Tag hangeln und dabei schlechte Gewohnheiten pflegen, nämlich stundenlang Zeitung lesen und Bier trinken. Manchmal ergab sich eine Bekanntschaft, ein kleiner Flirt vielleicht. Zwei- oder dreimal war daraus eine kurze Geschichte geworden, einmal mit einer viel jüngeren Frau, fast noch ein Mädchen. Das hatte ihm geschmeichelt. Er dachte noch oft an sie, eine echte Granate. Sie war vielleicht nicht schön im Sinne der Modezeitschriften für Frauen. Aber sie war sexy im Sinne der Zeitschriften für Männer. Äußerlich. Und ihr Äußeres war es, woran er dachte. Es war eine Katastrophe gewesen, weil sie unaufhörlich geredet hatte. Zwischendurch machten sie es, heftig und gar nicht mal phantasielos, gelegentlich hielt sie dabei sogar den Mund, aber dann ging es unweigerlich wieder los. Sie quatschte und quatschte. Am Anfang versuchte er noch halbherzig, die Namen ihrer verschiedenen Freundinnen und Verflossenen auseinander zu halten, die Stationen ihrer Ausbildung und ihres beruflichen Werdegangs, die tückischen Kolleginnen, die Eltern und so fort. Dann hörte er noch eine Zeit lang höflich zu. Dann tat er nicht mal mehr so und schließlich schmiss er sie raus, wohlwissend, dass er in ihrem künftigen Quasselrepertoire eine böse Rolle spielen würde. Er nahm sich vor, sich mit so jungen Dingern nicht mehr einzulassen – das war unnötig, denn es ergab sich ohnedies keine weitere Gelegenheit dazu.

Er gestand sich ein, dass Jule ihm fehlte. Nicht so, wie es die letzten Jahre zwischen ihnen war, aber so, wie es früher gewesen war. Und er glaubte ohne falsche Bescheidenheit, dass es ihr nicht anders ging.

Aber früher war früher.

8. Kapitel

Donnerstag, sechsundzwanzigster Februar. Den Sonntag hatten sie im Haus vertrödelt. Es hatte unablässig weitergeregnet, ständig mussten die Eimer ausgeleert werden, was den Kindern viel Spaß machte. Abends hatte Conrad sie zurück nach Volksdorf gebracht. An den folgenden Tagen war er in zutiefst unchristlicher Frühe im Hafen gewesen. Nach der Schicht machte er mit dem Dach weiter. Wenn das Tageslicht nachließ, war Feierabend. Ein Döner, ein Bier, dann ins Bett plumpsen und sofort einschlafen. Es war dann noch nicht einmal sechs Uhr, beinahe noch Nachmittag gewesen.

Für diesen Tag war eine Überprüfung des »Projektentwicklungsstands« angemeldet worden. Die Baubehörde hatte ein entsprechendes Schreiben vor ein paar Tagen an Conrad geschickt und da er keine Lust gehabt hatte, die komplizierten Formulare zur Antragstellung auf Terminverschiebung durchzuarbeiten, kam er zu dem Schluss, es sei wohl das Beste, an diesem Tag einen kleinen Ausflug zu machen. Bezüglich der Genehmigungsfähigkeit seiner bisherigen Umbau- und Instandhaltungsmaßnahmen schienen ihm jedenfalls erhebliche Zweifel angebracht, so dass es sicher nicht empfehlenswert war, die Damen und Herren zu empfangen. In aller Herrgottsfrühe fuhr er los, um den Besuchern nur ja keine Chance zu geben, ihn noch zu erwischen. Er genoss eine mehrstündige Bummelfahrt mit touristischen Pausen in Friedrichstadt und Husum. Die Damm-Verbindung nach Nordstrand war wegen der hier stetig zunehmenden Verlandung als solche längst nicht mehr zu erkennen, das wunderte ihn nicht. Über

England und Süden ging es weiter zum Anleger in Strucklahnungshörn.

Conrad kannte all diese Orte noch aus seiner Kindheit, die er in einem Nest ein Stück weiter südlich an der Küste verbracht hatte. Hier oben war er damals oft in den Ferien gewesen, aber nun waren gut dreißig Jahre vergangen und während der ganzen Zeit war er so gut wie nie in diese Gegend gekommen. Die Überfahrt nach Pellworm war an sich keine große Sache, aber Conrad hatte seine Freude daran. Die jagenden Wolken am riesigen Himmel wechselten alle paar Sekunden ihre Formen und Farben, mal brach die Sonne hier durch, mal dort und zwischendurch gab es immer mal wieder einen kurzen, heftigen Schauer.

Den Wagen hatte er, wie es auf Schildern erbeten wurde, brav am Fährhafen auf Nordstrand stehen lassen. Am Anleger drüben stand ein Taxi. Um nach Süderoog zu kommen, so erfuhr Conrad vom kettenrauchenden Fahrer, müsse er sich wohl einer Wattwanderung anschließen, wenn zur Zeit denn überhaupt welche stattfänden, Süderoog sei schließlich »Schutzzone eins« und es gäbe keine reguläre Schiffsverbindung. Er könne sich am besten in Südermitteldeich nach den entsprechenden Einzelheiten erkundigen, da könne er gleich mitfahren. Er selbst, der Taxifahrer, müsse dort nämlich ohnehin durch auf dem Weg nach Klostermitteldeich, weil von dort eine Fahrt nach Nordermitteldeich angefordert worden sei.

»Ah ja, gut, danke«, sagte Conrad ein bisschen verwirrt und überlegte, ob er sich das zu einfach vorgestellt hatte mit dem Ausflug nach Süderoog und ob er wohl die richtigen Schuhe anhabe für eine Wattwanderung Ende Februar oder ob die Leute auch zu dieser Jahreszeit barfuß durch den Schlick liefen und was das wohl genau sei, so eine Schutzzone eins. Im Wagen stank es nach ungefähr sechshundert Zigaretten und dementsprechend sahen die Aschenbecher und der ganze Fußraum auch aus. Conrad beglückwünschte sich dazu, zumindest diesem Laster einst entronnen und bislang nicht wieder verfallen zu sein.

Nachdem sie von Ostersiel über Ostertilli und Westertilli nach Südermitteldeich gekommen waren, zahlte Conrad und stieg aus, nur um im Dorfladen zu erfahren, dass er in der Poststelle in Westerschütting fragen müsse, wohin ihn der Taxifahrer eigentlich gleich hätte mitnehmen können, da das ja auf dem Weg nach Klostermitteldeich liege. Die dicke Besitzerin des Ladens und ein paar Kunden, die so aussahen, als seien sie immer hier, besprachen die Sache ausführlich. Conrad begriff nicht alles, da sie ein Platt sprachen, das er nicht kannte, bei einem sehr alten, verschrumpelten Mann tippte er sogar auf Friesisch. Nach einigem Hin und Her stellte sich aber heraus, dass er nur warten müsse, da das Taxi sowieso bald wieder hier vorbeikommen würde. Scheinbar gab es nur eines. Die Dicke bewirtete Conrad mit starkem Tee, den er nicht mochte, und krümeligem Kuchen, den er liebte, und nachdem er sich zu Beginn ein bisschen döspaddelig vorgekommen war, begann er nun, sich bei diesen Leuten richtig wohl zu fühlen.

Wieder ging ein Regenschauer nieder, vom kräftigen West sehr in die Schräge gedrückt. Andere Männer und Frauen kamen, manche gingen nach einem kurzen Schnack wieder, andere blieben. Der Laden hier war sicher so was wie das Bürgerzentrum des Dorfes. Nach einer knappen Stunde betrat der Taxifahrer tatsächlich das Geschäft, grüßte und orderte Tee und »einmal Prince«, wie er das wohl auf allen seinen Runden tat. Von der Dicken in vorwurfsvollem Ton unverzüglich auf seinen Fehler aufmerksam gemacht, brachte er sein Bedauern zum Ausdruck und bat um Verständnis, schließlich sei er ja erst seit sechs Jahren auf der Insel und kenne sich daher noch nicht so gut aus mit allem. Die Kunden und die Dicke nickten nachdenklich und schienen gewogen, diesen Umstand mildernd in Betracht zu ziehen. Conrad nutzte diesen Augenblick, um sich wärmstens für die Hilfe zu bedanken, er werde gern wiederkommen und sei wegen der verlorenen Stunde keineswegs traurig. Auch diese Rede wurde mit nachdenklichem Kopfnicken bedacht und somit konnten Fahrer und Gast austrinken und sich verabschieden.

In Westerschütting stellte sich heraus, dass öffentliche Wattwanderungen aus naheliegenden Gründen derzeit nicht vorgesehen waren, und zwar erfuhr Conrad dies auf der Miniatur-Poststelle, weil der Wattführer auch der Briefträger war. Er selbst werde gleichwohl den Weg nach Süderoog noch heute gehen, schließlich müsse die Post ja rüber, und wenn Conrad unbedingt wolle, könne er auch mitkommen. Allerdings sei es noch fast zwei Stunden hin bis zur Ebbe.

»Wie? Sie bringen die Post jeden Tag zu Fuß da hin?«

»Wer sacht das? Nee, nich täglich natürlich, nur ab un an un wenn was dringendes Dienstliches dabei is. Aber jetz, wo sie dem Bruns seine Kleine ... Nich wahr, das hat doch was damit zu tun, dass Sie rüber wolln. Müssen Sie nich unbedingt rumerzählen, die Leute hier wissen das noch gar nich alle. Übrigens, man kann natürlich auch mit dem Boot rüber, aber da muss man schon 'n ganz schönen Umweg machen, wegen die Untiefen. Sie könn ja nich mit so 'ner lütten Nussschale auf die Nordsee, und das Boot für die ganze Versorgung un so, also für den alten Bruns jetz, un die Vogelwarte überhaupt un so, das fährt normal immer nur montags, das klappert dann immer gleich alle Warten ab, da gibt ja noch paar mehr. So. Ham Sie sich eigentlich überlegt, wie Sie wieder von da wegkommen? Bis Montag wolln Sie ja wohl nich bleiben, nehm ich an.«

Conrad nickte bedröppelt. In der Tat, irgendwie hatte er sich das wohl wirklich zu einfach vorgestellt mit seinem Ausflug.

»Na, vielleicht bringt Bruns Sie zurück. Sonst komm ich dann am Sonnabend und hol Sie.«

»Oh, ja, das wäre nett«, beeilte Conrad sich zu sagen. Warum eigentlich nicht zwei Tage auf einer kleinen Hallig verbringen – hatte er noch nie gemacht. Der Postbote und Wattführer öffnete die Tür nach draußen, wo das Taxi stand, Conrad war nicht sicher, ob immer noch oder schon wieder. Der Fahrer sah in den Himmel und rauchte.

»Un übrigens«, sagte der Wattführer mit einem Blick auf Conrads Kleidung, »so könn Sie natürlich nich mit.«

Wieder stieg Conrad in das Taxi und ließ sich zu einem Ausstatter mit entsprechendem Sortiment fahren. Dickes Ölzeug und natürlich Gummistiefel, aber welche, die taugen, war ihm eingeschärft worden, »un wat Warmes für drunter«. Leise vor sich hin fluchend stand Conrad später am vereinbarten Treffpunkt. Verdammt viel Kohle hatte er in dem Laden gelassen, mehr, als er bar dabei gehabt hatte.

»Scha nej«, hatte es geheißen, »EihCeih-Karte is keine Hürde.«

9. Kapitel

Conrad wartete also in seiner quietschbunten Wetterkleidung vorm Deich und fühlte sich grauenvoll darin. Das verging aber schnell, als der Briefträger gekommen war und sie losgegangen waren. Schon nach ein paar Minuten wünschte Conrad, er hätte noch etwas für vernünftige Handschuhe draufgelegt, beglückwünschte sich aber zu seiner unter dem Kinn zusammengebundenen Mütze mit den Ohrenklappen.

Der Wind kam schneidend und böig von West, »normal ümmer von West«. Die beiden Männer mussten sich in ziemliche Schräglage begeben um voranzukommen. Aber manchmal traf sie dann unerwartet eine Bö aus völlig anderer Richtung, derart abrupt, dass es Conrad beinahe umwarf. Doch, jetzt erinnerte er sich wieder, als »kleinen Butscher«, wie das geheißen hatte, hatte der Wind ihn ebenfalls so geschüttelt, auch schon mal umgerissen, aber dass ihm das als erwachsenem Mann immer noch passieren konnte, hätte er denn doch nicht gedacht. Dem Briefträger konnten die Stöße scheinbar nichts anhaben, der reagierte irgendwie schneller – oder war er windschnittiger?

Sie mussten durch zwei größere Priele, oben strömte es nach Osten, unten drin saugte es die Füße in die Gegenrichtung und als ihm das Wasser bis zum Hintern stand, war Conrad endgültig überzeugt, dass die Profi-Kleidung keine schlechte Anschaffung gewesen war. Das Wasser war höllenkalt, Golfstrom hin oder her, aber wenigstens suppte kaum was durch die Hosen oder in die Stiefel. Der Briefträger deutete mal hierhin, mal dorthin, sprach vom Rummelloch und vom Heverstrom, angeblich dem größten Fluss

Deutschlands, sagte Kolumbusloch und Lorenzensplate und Innenquage. Aber Conrad sah überall nur Watt. Außerdem dröhnten ihm die Ohren vom Wind und vom spitzen Geschrei der Möwen, die sich über das vom ablaufenden Wasser überraschte Seegetier und -gewürm hermachten.

Nach einer guten Stunde riss sich eine weiß funkelnde Sonne ein Loch in die dahinjagenden Wolkenberge und der Führer wies in den südöstlichen Schlick und schrie was von Turm und Westerheversand in das Getöse. Und Conrad konnte im so entstandenen Lichttunnel, wie durch ein Fernrohr unnatürlich scharf herausgehoben, einen rot-weiß strahlenden Bilderbuch-Leuchtturm durch die diesige Weite schwimmen sehen, eine nördliche Fata Morgana, ein Märchen, und komisch, irgendwie hatte er trotz der Kälte plötzlich große Lust auf ein Pils.

Endlich kamen sie zur Hallig. Zu sehen gab es da nicht eben viel, aber das war ja auch kaum zu erwarten gewesen, immerhin gab es auf der Warft ein Haus. Ein schönes, älteres und vor allem beheiztes Friesenhaus aus Steinen, die den Wind abschirmten, und das war genau das, was die beiden Wanderer wollten, und als der alte Bruns, der sie schon von weitem gesehen haben musste, graubärtig und Pfeife rauchend, wie es sich gehörte, aber auch mit roten, übernächtigten Augen, die Tür öffnete, roch es nach Paradies. Genauer gesagt roch es nach Wärme und nach Tee mit Rum.

Conrad hatte bereits sein zweites Glas vor sich stehen, der »steife Grog« hatte begonnen, seine Wirkung vom Bauch in Richtung Kopf auszuweiten. Es roch nicht mehr nach Paradies sondern schlicht nach Suff, aber das konnte niemand dem alten Mann verdenken. So sehr alt war er wohl noch gar nicht, dachte Conrad, aber die Nachricht vom Tod seiner Tochter und sicher auch die Art dieses Todes hatte ihn reichlich mitgenommen. Er sah wirklich sehr schlecht aus. Situationen wie diese kannte Conrad von früher gut. Er hielt sich das Leid der Leute sehr weit vom Leibe, anders ging es nicht, das hatte er schon während der Ausbildung gelernt.

Dass er bleiben durfte, hatte sich schnell geklärt. Conrad hatte Bruns, und damit auch dem Briefträger, die schlichten Tatsachen genannt: Dass seine Frau und er Ulrike Bruns tot unter der Eisschicht gefunden und die Polizei gerufen hatten. Dass er früher bei der Kripo gewesen sei. Dass er, dem ersten Eindruck nach, einen Unfall nicht ausschließen wolle, einen Mord aber erst recht nicht. Dass er sich für den Fall interessiere und, wenn Herr Bruns einverstanden sei, gern Näheres über dessen Tochter erfahren würde. Dass sein Interesse privater und von keiner Seite legitimierter Natur sei. Und schließlich, dass er aus verschiedenen Gründen vorerst darum bitten wolle, gegenüber den offiziell ermittelnden Stellen unerwähnt zu bleiben. Ihm sei bewusst, dass er da ziemlich viel verlange, und selbstverständlich würde er sich, wenn Herr Bruns dies wünsche, sofort aus der Sache zurückziehen.

Bruns hatte sich diese Erklärungen mit bemerkenswerter Ruhe angehört und dann wortlos genickt. Nach einer längeren Pause berichtete er etwas tonlos, dass er nach seiner Rückkehr von der Identifizierung seiner Tochter und einer merkwürdig knappen Befragung durch die Polizei über deren weiteres Vorgehen nichts mehr gehört habe und sich völlig abgekoppelt fühle. Er habe angerufen und gefragt, wann er seine Tochter beerdigen dürfe. Das wolle er hier in Friesland tun; neben seiner Frau, also ihrer Mutter, solle sie liegen und das sei soweit auch alles schon geklärt, aber die genauen Termine und die Überführung müssten ja geregelt werden. Man habe ihm nur gesagt, dass die Untersuchungen des Leichnams noch andauerten und dass man ihm Bescheid geben werde. Seitdem keine Nachricht, nichts. Insofern sei er Conrad für sein Interesse dankbar.

Conrad sagte, dass er, Bruns, wahrscheinlich wohl noch einige Tage länger auf die Freigabe zur Bestattung werde warten müssen und erbot sich, ihm die Arbeitsprozesse innerhalb der Kripo und der Gerichtsmedizin zumindest so weit zu erklären, dass er den Fall nicht für unbeachtet oder verschleppt halten müsse.

Bruns überlegte eine Weile, schüttelte dann aber den Kopf. Er erhob sich und schenkte Grog nach. Der Briefträger lehnte ab und lenkte das Gespräch dann auf andere Dinge. Es wurde von der Arbeit des Naturschützers gesprochen, von organisatorischen Angelegenheiten die Versorgung der Warte betreffend, und, hier draußen unvermeidlich, von den klimatischen Verhältnissen. All dies diente, so schien es Conrad, wohl hauptsächlich der vorsichtigen Erforschung des momentanen praktischen Vermögens zum »Weiterfunktionieren« des Wartes durch seinen besorgten Freund.

Nicht schlecht der Typ, dachte Conrad, als der Briefträger aufstand und sich verabschiedete. Länger konnte er nicht bleiben, wenn er vor auflaufend Wasser wieder auf Pellworm sein wollte.

10. Kapitel

Ein paar Stunden später war Ulrike Bruns durch die Beschreibungen des Vaters in Conrad sozusagen postum zum Leben erwacht. Die Tochter war keineswegs eine reine Frohnatur gewesen, wie es die Artikel in der Zeitung hatten erscheinen lassen. Wenn er, der Vater, nicht das gerade Gegenteil beschreiben wolle, so deshalb, weil sie zu wunderbarer Begeisterung und großer Freude fähig war, das ja. Doch sei im Hintergrund ein dunkler Schatten auf ihrem Gemüt stets zu erahnen gewesen, der ihm zuweilen viel Kummer bereitet habe und dessen Herkunft er nicht zur Gänze dem Fehlen der früh verstorbenen Mutter, sondern zu einem Teil auch einer gewissen Melancholie in seinem eigenen Wesen zuschreiben müsse. Auch diese, also seine eigene Melancholie, sei durch den Tod seiner Frau nur unzureichend erklärt, er habe Anflüge von ihr schon als Kind verspürt und ebenso, so wolle es ihm scheinen, sei es bei der Tochter gewesen. Der feine, trübe Schleier in ihrem Leben habe ihrer beträchtlichen Produktivität und ihrer großartigen Begabung in den Dingen der Musik aber keinen Abbruch getan. Eher im Gegenteil, doch sei dies vielleicht romantische Künstlerverklärung, er sei kein Fachmann in diesen Dingen, das sei nur so ein Gefühl.

Während Bruns immer tiefer in seinen Erinnerungen grub, wurde es immer dunkler. Bruns hatte Strom, Conrad wusste nicht, ob über Leitung von Pellworm, oder, was wahrscheinlicher war, von einem Generator oder einem kleinen Windrad, das bei seiner Ankunft vom Haus verdeckt gewesen sein mochte. Aber der alte Mann schaltete kein Licht ein und so saßen sie in einem schimmernden Meeresgrau, an das

Conrad sich erst jetzt, wo er es wahrnahm, wieder erinnerte als eine Grundfarbe seiner eigenen Kindheit. Was Bruns erzählte, war zunächst eine normale Familiengeschichte – bis zum Tode der Frau unspektakulär und friedlich. Nur ging sie eben nicht gut aus. Junger angehender Agraringenieur, also Bauerssohn, trifft auf ortsfremde, mit ihrer im Fränkischen ansässigen Familie verkrachte, abgebrochene Kunsthistorikerin, schwarzäugig und dunkel gelockt, die sich im nahen Seebüll mit Touristenführungen über Wasser hält. Sie verlieben sich, er schüchtern, sie stürmisch, sie heiraten, beziehen zwei Jahre später ein funkelnagelneues, hübsches Häuschen auf dem Grund, der dem Bauerssohn später einmal gehören wird, Tochter Ulrike kommt zur Welt, dunkeläugig und gelockt und hellwach, eine schöne Zeit, doch kurz, denn eines Tages, einfach so, wird die junge Mutter krank und stirbt. Eine dunkle Zeit beginnt, eine lange Zeit. Der junge Mann, inzwischen Bauer, hat graues Haar, als die Tochter ernst und aufrecht, der alte Mann zeigte Conrad das Foto, ihre Tüte zur Dorfschule trägt. Der Bauer ahnt wohl, es ist nicht gut, doch er lebt nur für sie, nur durch sie. Bald zeigt sich, das Mädchen ist begabt, musisch, intellektuell. Mit elf sitzt sie manchmal sonntags an der altersschwachen Orgel in der Dorfkirche, um den rheumatischen Lehrer Petersen zu vertreten. Als sie groß ist, fast erwachsen, und den Hof verlässt um zu studieren, bleibt der Bauer mit seiner alten Mutter allein. Den Vater haben sie vor Jahren beerdigt, nach weiteren drei stirbt auch die Mutter. Noch an die zwei Jahre hält der Bauer durch, dann verkauft er. Das ist nun acht Jahre her, der alte Mann, wird Conrad klar, ist noch nicht einmal sechzig. Die Tochter besucht ihn oft für lange Zeit auf seiner Hallig, dann ist er glücklich, mehr gibt es für ihn nicht zu wünschen. Er muss aufpassen, dass er sie mit seiner viel zu anhänglichen Liebe nicht vertreibt, denn schnell wird sie ungeduldig und gereizt, wenn er seine Zurückhaltung aufgibt. Ja.

Conrad dachte zuerst, Bruns mache eine Pause, aber schließlich begriff er, dass der Alte nichts mehr sagen würde. Er zog still an seiner Pfeife und etwas später wies er Conrad eine kleine Schlafstube im Dachgeschoss an.

* * *

Mitten in der Nacht wachte Conrad auf. Der stürmische Wind brüllte regelrecht, der Krach hatte ihn geweckt. Zunächst kapierte er nicht, was das für ein komisches, schwaches Licht war, das durch den Raum flackerte. Dann hörte er draußen durch den Wind das Gluckern des Wassers. Klar, die Flut musste jetzt ungefähr ihren höchsten Stand erreicht haben, das Licht kam von den Reflexen von Mond und Sternen. Sehr zufrieden mit seiner Lösung des Problems stand Conrad auf. Als er aus dem Fenster sah und feststellte, dass die Wellen die Warft hoch krochen und direkt unter ihm schon an der Hausmauer leckten, fühlte er sich dann aber doch ein bisschen unbehaglich. Land unter – schön und gut, das sollte ja vorkommen, aber das hier würde sicher bald unter der Haustür hindurch in Bruns gute Stube laufen. Sollte er den Alten wecken? Würde der ihn dann auslachen, oder war es bereits höchste Zeit einen Hubschrauber zu ordern? Komisches Gefühl, so gar nicht zu wissen, was zu tun sei. Er verließ sein Zimmerchen und tastete sich die Treppe runter. Überall dieses unwirkliche Licht, immerhin konnte man damit ein bisschen was sehen. Unten öffnete er die Haustür. Schön, so eine Haustür, die man nicht abschließen muss. Die Wellen gingen bis direkt unter die Schwelle, einige Zentimeter nur drunter – aber drunter. Der Vollmond und ein paar Sterne lugten hier und da durch die rasenden Wolkenfetzen, das Meer schimmerte und funkelte fremd und schön.

»Das hat schon seine Ordnung so«, sagte Bruns Stimme und Conrad wäre vor Schreck beinahe vornüber in die See gekippt. Als er sich umwandte, konnte er weiter hinten im Dunkel der Stube schemenhaft die Umrisse eines Lehnstuhls ausmachen. Dort saß wahrscheinlich der Alte.

»Aber Sie sind auch wegen des Hochwassers auf?«

»Nein. Es läuft jetzt auch schon wieder ab. Aber is richtig, manchmal muss man bei so 'ner Springflut tatsächlich schnell mal den Teppich aufrollen. Die Dielen hier unten haben schon so paar Mal Salzwasser abgekriegt. Macht ihnen jetzt nichts mehr. Nur den ganzen Schlick hinterher rauszukriegen, das ist kein Spaß.«

Conrad fragte nicht weiter. Wenn dies nicht der Grund dafür war, dass Bruns in tiefster Nacht hellwach in seinem Lehnstuhl saß, dann war es ja wohl der Schmerz um die Tochter. Wahrscheinlich hatte er, seit es passiert war, überhaupt nicht mehr richtig geschlafen.

* * *

Freitag, siebenundzwanzigster Februar, morgens, kräftiger West. Bruns brach zu seinem ersten Beobachtungsgang auf, jedenfalls dachte Conrad das, er hatte nur sehr vage Vorstellungen davon, was ein Vogelwart nun eigentlich genau machte. Kaum dass der Alte die Haustür hinter sich geschlossen hatte, sprang Conrad auf und schlich durch das Haus. Er hoffte, so etwas wie ein privates Zimmer der Toten zu finden, konnte doch gut sein, dass sie ein eigenes Zimmer gehabt hatte. Und in der Tat, sie hatte. Es war ein Museum. Ein Ort der Andacht. Die Reliquien der Vorzeit wie der jüngsten Tage, alles säuberlich präsentiert, in feinster Ordnung aufgestellt, von der Puppe über die Hippiejacke bis zu einer Nummer der Frauenzeitschrift, die Jule auch immer kaufte, was Conrad immer geärgert hatte, er kaufte schließlich auch keine Herrenmagazine, oder jedenfalls nicht oft – verdammt, was sollte jetzt der Gedanke an Jule hier.

Die Nummer war noch keine zwei Monate alt, Ulrike Bruns war also vor gar nicht langer Zeit noch hier gewesen. Es war klar, dass der Vater das Zimmer der Tochter erst nach ihrem Tod so hergerichtet hatte, wie es jetzt war. Er musste seine Kapelle in den letzten Tagen errichtet haben. Conrad sah sich alles kurz an, fand zunächst nichts, was ihn fesselte, und begann dann mit schiefgelegtem Kopf, die kurze Reihe der Bücher auf dem Bord über der Koje, anders konnte man das Bett nicht nennen, durchzusehen. Hanni und Nanni, Momo, daneben Hermann Hesse, Aleister Crowley – wer war das denn, den Namen hatte er schon irgendwo gehört, dann Storm – klar, das passte. Eine Mozart-Biographie von einem, der auch Wolfgang hieß. Dann noch ein paar Namen, die Conrad nichts sagten, eine Morgner und ein Hürli- und ein Hartmann. Zweifellos bestand die kleine Gedenksammlung aus eher zufällig hierher geratenen Exponaten, schließlich hatte die Verstorbene einen eigenen Haushalt geführt.

Er verließ das Zimmer und legte sich zur Tarnung wieder ins Bett. Kaffee, ich will Kaffee, dachte er. Wenige Minuten später kam der Wart zurück und bat seinen Gast zum Frühstückstee.

11. Kapitel

Tja, wie isse denn nun gewesen, dachte Conrad gleich zu Beginn seiner Wanderung, Kurs Nordost, Wind erstaunlicherweise fast keiner, es regnete gerade heftig. Er hatte ein zügiges Tempo angeschlagen, aber kein hektisches. Für Hektik war die Distanz zu groß, Luftlinie geschätzte fünf Kilometer, vielleicht auch mehr, übers Wasser oder Watt hinweg, dachte Conrad, sehen die Dinge viel näher aus, als sie es tatsächlich sind, aber das war sowieso egal, die Luftlinie konnte er ja nicht nehmen.

Der Alte hatte nicht schlecht gestaunt, als Conrad ihm eröffnet hatte, er wolle allein zurückgehen, und zwar jetzt gleich. Das käme natürlich überhaupt nicht in Frage, hatte er gerufen, als er sicher war, dass er sich nicht verhört hatte. Das sei nicht nur gefährlich, sondern geradezu schwachsinnig und es sei schon so mancher – na, er wisse schon, aus, Schluss, keine Diskussion. Conrad hatte genickt und gewartet, bis Bruns wieder zu einem Rundgang aufbrechen musste, der Alte ahnte wohl schon was, fragte noch, ob Conrad nicht mitkommen wolle, ging schließlich etwas widerstrebend allein, was sollte er machen, er konnte seinen Gast ja schlecht vertäuen. Nun aber nix wie weg, hatte Conrad gedacht, er hatte genug von dem ewigen Möwengeschrei und dem brüllenden Wind, genug von Tee mit Rum in einem Haus, das wie ein Schiffchen im Meer herumschipperte, genug von dem armen Mann mit seinem Mausoleum. Bloß nicht einen ganzen Tag hier vor sich hindämmern.

Die Ebbe hatte ihren Zenit bereits erreicht. Normalerweise ging man besser früher los, das wusste er natürlich und war schnell in seine Ausrüstung gestiegen. Also, was hatte das

Gespräch mit Bruns denn nun gebracht? Wie war sie, die Tote? Das Bild des geheiligt engelhaften Wesens, wie der Vater es beschworen hatte – na ja, das traf Ulrike Bruns sicher schon irgendwie, aber kaum zur Gänze. Schließlich war ja vom Alten selbst wie auch bereits zuvor vom Organisten Matthies der Hinweis auf eine dunkle Seite, eine unterschwellige Melancholie oder Depression gekommen. Viel war das eben nicht, aber es konnte brauchbar sein.

Conrad versuchte, die Bögen, die er am Vortag mit seinem Führer beschrieben hatte, aus dem Gedächtnis in etwa nachzuziehen. Als er an den ersten Priel kam, erschrak er etwas. Mindestens doppelt so breit war der hier, ganz offensichtlich hatte er nicht ganz die richtige Stelle getroffen. Der Priel ließ sich trotzdem durchwaten, das Wasser reichte etwas höher als gestern, aber nur ein paar Zentimeter, und die Strömung schien ein bisschen stärker zu sein. Glücklich und trocken drüben, wanderte er zuversichtlich weiter, die Sonne strahlte, dazu pustete, wie es sich gehörte, ein kräftiger West. Am zweiten Priel musste Conrad lachen: Der war nun plötzlich schmaler und flacher und überhaupt schlaffer als gestern. Munter latschte er hindurch, was die immer hatten mit ihrem Blanken Hans! Und während er so vom schrägen Schauer vorwärtsgeschubst wurde, dachte er, dass es trotz allem nicht schaden könne, immer mal nach hinten zu gucken. Wer weiß, vielleicht gibt's gleich noch so 'ne Springflut, is nich sehr wahrscheinlich, aber besser is besser, ümmer mol kieken.

Der Schock erwischte ihn, als er den Kopf wieder in Laufrichtung wandte, es kam nämlich von vorn, was zum Teufel war denn das, plötzlich Wasser voraus, nichts als Nordsee voraus! Ach so, nur knöcheltief die Nordsee, na, da hätte sie ihn doch beinahe rangekriegt mit diesem kleinen

Scherz, die olle Nordsee, aber nu mal voran hier. Ein paar hundert Meter weiter kam er an den Priel. Den richtigen. An dem kleinen vorhin waren sie gestern also gar nicht gewesen. Dieser hier sah ganz anders aus, als er ihn in Erinnerung hatte. Junge, sagte der Priel, geh lieber woanders spielen. Die Wellen auf seiner Oberfläche jagten mit Autobahngeschwindigkeit vorüber. Conrad dachte, dass er doch recht weit von der korrekten Route abgekommen sein musste und dass das Wasser nun schon wieder aufzulaufen begann. Er watete beherzt mitten hinein. Als er zwanzig wacklige Schritte weit drin war, stand es ihm bis zur Brust, überall lief es rein und die Strömung zog und schob mit Macht, die Kälte nahm ihm den Atem. Entsetzt wollte er rückwärts, da hob ihn eine sanfte Kraft von den Füßen, brachte ihn in Querlage, schob ihn, beschleunigte ihn. Das zusammengezogene Herz lockerte sich in diesem fast tröstlichen Fließen ein wenig und Conrad begann zu paddeln. Ruhig, wie um zu probieren, ob er es überhaupt konnte, ließ er seine Gliedmaßen durch das Wasser ziehen, es war gar nicht so feindselig kalt, wenn man sich ihm erst einmal ein wenig anvertraute, ja, war dies gelassene Durchmessen des Stromes nicht viel angenehmer, als stöckeliges, lächerliches Waten? Dies war nicht das Ende, die Strömung drückte doch landeinwärts, er brauchte sich keine Sorgen zu machen, nur rüber musste er natürlich dennoch, aber das war kein Problem, gar kein Problem, über den Priel zu kommen, irgendwas von Rungholt hatte der Briefträger noch gesagt, was war Rungholt noch gleich, das hatte er doch mal gewusst, das war doch Schülerwissen, und auch diesen Namen kannte er doch, Aleister Crowley, wo war denn das andere Ufer, wieso so weit entfernt, hatte nicht Jule diesen Namen erwähnt, eben war das Ufer doch noch viel näher, ach richtig, klar, Rungholt war untergegangen vor vielen hundert Jahren, als es um modernen Satanismus ging, hatte sie den Namen erwähnt, das konnte doch wohl nicht sein, dass dieses Ding sich immer weiter verbreiterte, gestern bin ich über Rungholt gefahren, richtig, aber ich schwimm drüber, vielleicht liegt's genau hier unter mir, trotzdem muss doch mal Schluss sein mit dieser Verbreiterung, wie hieß dieser Mann in der Zeitung, der hieß doch so komisch, das passte schlecht zusammen, das heilige Museum, das der Alte ihr gebaut hat, und darin so ein Buch über Aleister Crowley, bekannt als Tarot-Guru und, viel gefährlicher, als Vorbild für Neugründungen diverser Teufelskirchen in Europa und Amerika. Raoul A. Leister hatte der Typ in der Zeitung geheißen, die Strömung wird auch immer stärker, das geht doch nicht, wo es breiter wird, muss sie doch schwächer sein, ha, sehr komisch, Raoul A. Leister, blass und dunkel bemäntelt, verdammt, das hatte er übersehen, darauf hätte er ruhig eher kommen können, dann wäre dieser ganze Ausflug vielleicht nicht nötig gewesen, von wegen Ausflug, die Strömung wird immer noch stärker, dabei muss sie schwächer werden, ja ganz sicher, sie wird abnehmen, Mensch Bruns, das hast du nicht gewusst, wie, das stille Töchterchen liest Crowley, guck mal rein in das Büchlein, da wirste staunen, wie war der Schlachtruf? »Tu, was du willst, sei das ganze Gesetz« oder so, na prost Mahlzeit Kollegen, und da gibt es einen, den sie kennt, der heißt Raoul A. Leister, oder nennt sich so, da ist die vielleicht auch so ein richtiger Satansbraten, eine rechte Satansbraut? Und je schwerer die längst vollgelaufenen Stiefel an ihm hingen, an ihm zogen und zerrten, komm Hans, komm, und je schwächer er wurde und je fester die kalte Kralle sich wieder um sein Herz schloss, desto verbissener musste Conrad sich vorankämpfen, weit abtreibend, das ja, aber voran, rüber, bloß rüber, das hier war kein ruhiges Dahintreiben mehr, und als die tonnenschweren Füße, sinkend, plötzlich Schlick unter sich spürten, prustete er, erleichtert, ein bisschen wirr, ha, fick dich, Blanker Hans, fick dich doch, mich fickst du nicht, mich nicht, und war drüben.

Er war grellbunt angezogen, erledigt und durchweicht, aber drüben und am Leben. Schneidender Wind, nun geradezu tödlich kalt. Conrad schlotterte furchtbar, aber schlimmer war das ganz und gar ungute Gefühl in der Lunge, die war entzündet, schon jetzt, das wusste er. Aber die Insel lag da, in der Sonne blitzblank funkelnd, dazu regnete es, nur noch Watt, kein Wasser mehr, der Deich keine fünfhundert Meter entfernt.

12. Kapitel

Donnerstag, vierter März, tap tap tap – schon wieder überholte so ein Profi, hüpfte unangestrengt in einem Affentempo vorbei. Das Merkwürdigste an diesen Profis war, dass man sie kaum atmen hörte. Okay, noch zu der Eisenbahnbrücke, dann ist Gehpause, versprach Conrad seinen sich schwer dahinschleppenden Beinen.

Das Antibiotikum war ein echter Hammer, schon nach zwei, drei Tagen, genau wusste er es nicht, irgendwas war mit seinem Zeitgefühl gewesen, hatte er ein – sehr leichtes – Training aufnehmen können und jetzt, nach noch mal drei Tagen, fühlte er sich völlig fit, sogar besser als zuvor. Insgesamt war sein Trainingszustand ziemlich lausig, aber die paar Einheiten hatten immerhin schon ein optimistisches Körpergefühl bewirkt. Dazu kam, dass er kaum etwas getrunken hatte während dieser Tage, er war drauf und dran abzunehmen und begann schon mit dem Gedanken an regelmäßige Besuche in einem Studio zu spielen.

Der Schweiß lief ihm überall runter, suppte über die Brauen in die Augen. Es war heute ohnehin ziemlich mild. Die niedrige Sonne hatte zwar noch keine rechte Kraft, schien ihm aber mitten ins heiße und sicher knallrote Gesicht. Er erreichte die Brücke, legte aber doch keine Pause ein, sondern überquerte sie in langsamem Trab. Unter ihm glitzerte der kanalisierte Fluss, hinter ihm dämmerten ein paar rostige Güterwaggons vor sich hin. Zwischen den Gleisen wucherte Grünzeugs, das aussah wie Kamille. Nicht, dass es direkt blühte, aber trotzdem, ein lauer Hauch von Frühling schien ihm in der Luft zu liegen, er grinste über sich selbst, aber warum sollte er das nicht genießen? Die Luft, die Sonne?

Als er auf der anderen Seite des Kanals wieder stadteinwärts lief, zischte ein Radfahrerpärchen vorbei, er hatte die beiden gar nicht kommen hören. Sie trugen Helme und die unvermeidlichen bunten Radler-Klamotten, die schon vor zehn oder fünfzehn Jahren jeden normalen Menschen ratlos gemacht hatten. Trotz der Verkleidung kam ihm die Frau vage bekannt vor. Er beschleunigte unwillkürlich und brachte damit auch sein Hirn auf Trab. Oder umgekehrt – weil er nachdachte, liefen auch die Beine schneller. Jedenfalls kam er rasch dahinter: Das war diese Maria von Sternberg, Freundin oder Kollegin von Ulrike Bruns. Er hatte sie auf dem Bild in der Zeitung gesehen, sie war ihm auffällig hässlich erschienen.

Dann wurde ihm ein bisschen schlecht. Er war wieder zu schnell geworden, sein alter Fehler. Gut, also langsam machen. Spaziertempo. Selbst in dieser trägen, schleppenden Gangart war er wesentlich schneller als die echten Spaziergänger. Auch schneller, als die Leute auf den Straßen, die eiligen Schritts, angestrengt, aber eben gehend, einem Arzttermin, einer geschäftlichen Verabredung oder einfach der nächsten Bushaltestelle zustrebten. Conrad fand nach einigem Geschnaufe in einen unangestrengten Vierer-Atemrhythmus – für ihn ideal.

»Man erinnere sich der schwarzafrikanischen Laufwunder«, dozierte Conrad locker trabend vor sich hin. »Hier kommen Zweckmäßigkeit, Eleganz und der Sport zusammen: Abertausende äthiopische Kinder legen auf ihrem Schulweg bekanntermaßen täglich mehrere Kilometer im Laufschritt zurück – das ist praktisch, weil man auf teure Transportmittel dort verzichten muss. Das ist elegant und bildend, da Laufen in der Natur Wahrnehmung und Realitätsbewusstsein anregt und fördert. Das sportliche Ergebnis ist beispielsweise Haile Gebrselassie. Der rennt seit vielen Jahren jedem vollgedopten Europäer weg.«

Inzwischen hatte der Puls sich wieder beruhigt. Conrad brauchte kein Präzisions-Herzfrequenz-Controlling-Messgerät, um das festzustellen. Er nahm völlig von selbst wieder etwas Fahrt auf. Auf dieser Kanalseite gab es mehr Schatten und die Sonne hatte er jetzt im Rücken. Je weiter er lief, desto besser fühlte er sich. Jetzt war er an der Reihe, andere Jogger zu überholen. Irgendwann kamen sogar wieder die von Sternberg und ihr Begleiter in Sicht, sie standen und sahen auf den Kanal. Ich sollte mit ihr sprechen, dachte Conrad, und fragte sich beim Näherkommen, ob er sie besser erst anrufen solle, als sie hier direkt anzusprechen. Dann war er da.

»Guten Morgen, Frau von Sternberg.« Conrad musste sich nach diesem Intro erst mal den Schweiß aus dem Gesicht wischen und durchatmen. »So ein Zufall! Trifft sich aber gut, dass ich Sie treffe ... Sie sind doch Maria von Sternberg?«

Die Angesprochene wechselte einen etwas ratlosen Blick mit ihrem Begleiter, dann nickte sie.

»Verzeihung, mein Name ist Hansen. Oberkommissar. Arbeite in der Gruppe von Herrn ... puh, entschuldigen Sie ... bin ein bisschen außer Atem ... Herrn Wullenwever an der Sache mit – tja, mit dem Todesfall Bruns, Sie wissen ja Bescheid.«

Er stand da, in alten Turnhosen, mit pumpernder Brust und schweißgebadet. Und wollte in idyllisch frühlingshafter Stimmung mit einer papageienbunten Unbekannten über eine Tote im Eis sprechen. Und gab sich dabei auch noch für jemand anderen aus. Die Bunte sah wieder zum Begleiter hin. Der Begleiter blickte skeptisch drein, hielt sich aber zurück. Das kauft sie mir nicht ab, das ist zu viel. Was zum

Geier mach ich hier eigentlich?, dachte Conrad, zum Glück ist mir wenigstens der Name von diesem Wullenwever eingefallen. Mit dem irgendwie befreienden Gefühl, dass ihn all dies vielleicht doch nichts mehr anging, sah er sich die glitzernde Wasseroberfläche an. Der Fall war weit weg, trudelte in der Strömung davon, gehörte in den Winter, eine vergangene Epoche, hier war der Frühling, eine neues Zeitalter.

»Ich verstehe Sie nicht ganz. Ich kenne keinen Wullenwever und weiß von der ganzen Geschichte nur aus der Zeitung.«

»Ach!«, entfuhr es Conrad, »na so was!« Sich konzentrierend, fügte er hinzu: »Mein Fehler. Herr Wullenwever wollte mit Ihnen sprechen, das hat er erwähnt. Ich hatte angenommen, das sei längst geschehen. Übrigens handelt es sich nur um die routinemäßige Befragung, die immer im Freundeskreis durchgeführt wird, wenn Mord vorliegt – oder zumindest vorliegen könnte.«

»Ich bin aber doch gar nicht – Frau Bruns und ich sind nie befreundet gewesen. Wir kennen uns, aber nur aus beruflichen Gründen.«

»Ach so. Ja, sehen Sie, deshalb hat man Sie eben auch noch nicht befragt. Man geht eben von innen immer weiter nach außen. Also von den engeren Freunden zu den weniger engen, dann zu den Bekannten und so weiter. Also, wenn es nötig erscheint. Um ein klareres Gesamtbild zu erhalten. Sie verstehen.« Mann, Mann, dachte Conrad, gut, dass hier keiner ist, der mich kennt.

»Also ich weiß nicht, Maria, wenn das jetzt noch länger dauert – ich glaub ich fahr dann schon mal«, ließ sich der Begleiter vernehmen und trat an.

»Ist gut, Raoul. Tschüss denn«, sagte die Sternberg.

»Sie kannten Frau Bruns also durch ihre Arbeit«, sagte

Conrad, »sind Sie denn auch – he, was ... Raoul? He, warten Sie!«, da rannte er schon. »Bin gleich wieder da!«, schrie er noch zurück. Das rächte sich bereits nach ein paar Metern, beim Laufen soll man nicht rumbrüllen, dachte er wütend, gleich wieder Atemnot. Trotzdem gelang es ihm, an dem Radler dranzubleiben, der Mann beeilte sich nicht sehr und schließlich, nach etlichen hundert Metern, bemerkte er Conrad, der mit den Armen ruderte, und bremste.

Sie sind Raou ... Raoul Leise?« Conrad prustete, bekam sich aber bald so weit unter Kontrolle, dass er hinzufügen konnte: »Entschuldigung. Leister. Es ist sehr wichtig für mich, also für die Polizei, mit Ihnen zu sprechen.«

Der Mann sah ihn äußerst irritiert an und fragte: »Und da haben Sie keine anderen Möglichkeiten, als hinter den Leuten herzurennen? Und wieso haben Sie nicht eben schon was gesagt?«

»Da wusste ich noch nicht, dass Sie Herr Leister sind, das hat mir eben erst Frau von Sternberg gesagt.«

»Wie? Das hat sie gesagt? Aber ich heiße doch gar nicht so. Ich heiße Voss. Raoul Voss.«

»Im Ernst? Oh nee, ne? Können Sie das be... können Sie sich ausweisen?«

»Also irgendwie find ich, dass Sie sich jetzt erst mal ausweisen sollten.«

»Na na, nu kommse mir mal nich komisch«, ballerte Conrad sofort dagegen, denn es war klar, der Mann hatte Recht, und er, Conrad, hatte ja nichts, um sich als Polizist ausweisen zu können. Er wusste ja nicht einmal, ob er noch einen gültigen Personalausweis besaß, jedenfalls hatte er den schon lange nicht mehr in der Hand gehabt. »Sie glauben ja wohl nich, dass ich mit Ausweis und Marke joggen geh, oder? Warum nich gleich mit Rentenbescheinigung und Bausparvertrag, hä?«

»Tja, wenn das so ist, dann fahr ich jetzt mal weiter.«

»Nix da. Ausweis!« Conrad hielt das Rad einfach fest.

»Hab ich nich dabei.«

Erst jetzt gestand Conrad sich ein, dass unter dem Helm des Mannes dunkles Haar hervorlugte, dass er kleiner war als Leister und längst nicht so blass, wie er ihn vage in Erinnerung hatte. Er drehte sich einfach um und ging zurück.

Doch Maria von Sternberg hatte nicht gewartet. Sie war auch nicht hinterhergekommen. Verdammt, dachte Conrad wütend und dass sie wohl irgendwo auf der Höhe des wegen der Pustetüten der Verkehrspolizei berüchtigten Dräger-Werks abgebogen sein musste. Dort gab es ein verschlafenes, kleines Viertel, Conrad tippte auf Jahrhundertwende, wo die Straßen, wenn er sich richtig entsann, Finkenberg und Maiblumenstraße hießen. Vielleicht wohnte sie dort. Nun, das dürfte dem Telefonbuch zu entnehmen sein, doch allem Anschein nach war die hässliche Sternberg sowieso keine Hilfe. Er sollte sich heute lieber mal um den Propsten kümmern.

* * *

Der hintere Teil der Musterbahn war der ruhigste. Jedenfalls dann, wenn die Tore der ehrwürdigen Oberschule zum Dom, deren Schmalseite zur Musterbahn hin lag, geschlossen waren wie jetzt. »Gymnasium für Mädchen und Jungen« stand am Eingang, der sich um die Ecke am Domkirchhof befand, das Wort Mädchen aus der Tafel gekratzt, ein pubertäres Wieder-Aufflackern alten Starrsinns, die alten Gymnasien hatten es noch gar nicht so lange mit der Koedukation und solchem neumodernen Kram. Aber hier hinten, wo sich das in seinen Maßen unerhörte Kirchenschiff, ein Schlachtschiff, ein Gotikkreuzer, in einem letzten Rundturm mit Spitzchen in die Unvermeidlichkeit irdischer Endlichkeit fügte, hier gegenüber, in der gedachten Verlängerung, residierte der Propst Dr. theol. Gerhard Priess. Feudal, feudal, dachte Conrad, obwohl er wusste, dass das Unsinn war, es handelte sich ja gerade um Bürgerhäuser und nicht einmal um besonders protzige. Dennoch, nach seinen Maßstäben ... Das, was ein heutiger Bürger sich leisten konnte, hatte nichts hiermit zu tun. Ganz klar, Deutschland steigt ab, Conrad grinste, zweite Welt, muss aufpassen, nicht gleich durchgereicht zu werden in die dritte, oder Lizenzentzug wegen Überschuldung, was aufs Gleiche rauskäme. Immerhin der VfB zur Zeit noch zweite Liga.

Es war Nachmittag, noch lange nicht Abend, aber überall brannten schon die Lichter in den Fenstern. Gerade als Conrad bei Priess klingeln wollte, »bitte im Sekretariat läuten, Klingel rechts«, erschienen zwei Jungen, der eine vielleicht neunjährig, der andere etwas kleiner. Sie kamen die drei Stufen des Hauseingangs hochgelaufen, drängelten sich vor, der ältere presste die Hand auf alle drei Klingeln links, der Kleine drückte rechts. Als es summte, ließen sie die Tür auffliegen und legten los. Sie sangen kräftig, selbstbewusst und herausfordernd. Jetzt erst begriff Conrad, verspäteter Rummelpott, die Jungs brauchten Taschengeld. Sie sangen aber keines der üblichen Lieder, das hätte schlecht gepasst jetzt, Anfang März, sie sangen einen andern Klassiker:

Anne Eck steit n Jung mit n Tüdelband
inne anner Hand n Budderbrot mit Kees
wenn he bloß nich mit de Been in Tüdel kümmt
un dor legt he ok schon lang op de nees.
Un he rasselt mit n Dassel an Kantsteen

un he bitt sick ganz gehörig od de Tung
as he opsteit sech he: het nich weh don
is n Klacks für n echten lübschen Jung

So weit kannte Conrad das Lied, auch die inzwischen im Flur zusammengekommenen Zuhörer wollten schon klatschen, aber die zwei Jungs wollten was tun für ihr Geld und überraschten mit einer Fortsetzung:

Anne Eck steit n Deern mit n Eierkorb
inne anner Hand ne große Buddel Rum
wenn se bloß nich mit de Eier op dat Plaster sleit
un dor sech dat ok schon al lang: bumm bumm bumm.
Un denn smeit se de Eier un de Rum tosom
un se sech: Eierkoken eit i gern
as se umkippt sech se: het nich weh don
is n Klacks für ne echte lübsche Deern.

Alles applaudierte, es herrschte gute Stimmung. Conrad hatte schon bemerkt, dass ihn die Frau, die aus dem Sekretariat gekommen war, an eine Frau, die er mal in Babelsberg kennen gelernt hatte, erinnerte. Sie hatte Doktor irgendwie geheißen, er kam jetzt nicht auf den Namen, aber den Doktor hatte er sich gemerkt, der hatte ihn damals gleich eingeschüchtert.

Mittlerweile kramten alle in den Hosentaschen nach Klimpergeld. Nur einer nicht und da wusste Conrad natürlich gleich: das isser. Er schien ihm noch um einiges korpulenter, als das Zeitungsfoto hatte vermuten lassen, wahrscheinlich handelte es sich um ein älteres Archivbild. Auch hätte er sich den Propsten nicht so groß vorgestellt. Nicht gerade ein Zweimetermann, aber doch ziemlich imposant. Gütig lächelnd sah er in die Runde, das leicht knollige, rötliche Gesicht weiß umrahmt von Haupthaar und Vollbart. Ein gepflegter Fundamentalist, schoss es Conrad durch den Kopf, einer von der alten Schule, gut so. Die Kirche im Allgemeinen war nun wirklich nichts, worüber er sich groß den Kopf zerbrach. Er hatte bloß so eine unreflektierte Abneigung gegen das geflissentliche Hinterherhecheln konservativer Institutionen hinter dem Zeitgeist, hinter dem Fortschritt, hinter der immer desinteressierteren Klientel. Bei der Polizei hatte es ihn schon lange genervt. Fragen, Misstrauen, Diskussionsbedarf? Bitte, hier haben wir den eigens geschulten, rundbebrillten, psychologisch und pädagogisch beschlagenen Öffentlichkeitsbeauftragten. Ach so, unsere Sicherheitstore schrecken Sie ab? Bitte, wir veranstalten einen Tag der offenen Tür! Machen alle, machen wir auch. Wenn Sie wollen auch in den Vollzugsanstalten! Und so weiter. Die Kirchen waren auch so ein Fall. Sie treten aus? Aber warum denn, sicher die Steuern, oder? Nein? Aber warum denn sonst? Pazifist? Wir doch auch! Schwerter zu Pflugscharen, wissen Sie doch. Ach so, Sie sind eben kein Pazifist, halten Töten für nötig? Nun, unser Heerprediger ist immer für Sie da. Sie können Theologie an der Bunderwehrakademie studieren, wenn Sie sich für sechs Jahre verpflichten! Sie sind Feministin? Vater, Sohn und Heiliger Geist sind Ihnen zu patriarchalisch, verstehe. Aber haben wir doch im Angebot, feministische Theologie. Und Frau Ibsen in Hamburg ist doch schon lange Bischof! Also Bischöfin, wenn Ihnen das lieber ist. Ach so, homosexuell auch? Na ja, macht doch nichts, bei uns gibt's jetzt auch schwule Pastoren. Also einen. Sehr fortschrittlich. Gab leider ein paar Probleme in der Gemeinde. Ein Konfirmand hat da so was behauptet. Der Mann ist jetzt in der Gefängnisseelsorge, vorübergehend ...

Und so fort. Diese Gemischtwarenläden mochte Conrad einfach nicht. Entweder oder. Und Priess schien ihm einer von der reinen Sorte zu sein, ein echter Gegner.

Und als er sich knapp vorstellte, als Oberkommissar Hansen natürlich, und um ein Gespräch bat, hieß es auch prompt: »Jetzt? Nö. Keine Zeit schon wieder für so was. Bitte bei Frau Harz, der Sekretärin, einen Termin geben lassen. Frau Harz, lassen Sie sich bitte den Dienstausweis vorlegen.«

Das war's, dachte Conrad mit einem Blick auf die Sekretärin, die ist nicht rumzukriegen, ohne Ausweis lässt die mich abblitzten. Priess erstieg derweil gütigen Ausdrucks die Treppe zum ersten Stock.

»Gut, Herr ... Sie sagten Hansen? Das können wir gleich erledigen. Wenn Sie bitte hier hereinkommen.«

»Ja, gern. Selbstverständlich. Allerdings, das sag ich lieber gleich, kann ich mich im Augenblick nicht ausweisen. Nicht dabei. Ich meine, weil Herr Dr. Propst ...« Er stockte. Wie soll man sich das auch merken, wie sich so jemand nennt, dachte er wütend, aber es war nicht schlimm.

Sie sagte einfach: »Ach was, können Sie ihm dann ja selber zeigen. Sie sind sicher wegen der Sache mit Frau Bruns gekommen?«

»Ja, schrecklich, so was«, hörte Conrad sich mechanisch murmeln und erschrak, denn das gehörte natürlich zum Gegenpart. Er hatte das so oft gehört, dass er es im Schlaf an der richtigen Stelle einfügen könnte. Aber so etwas sagte man doch nicht laut!

»Sicherlich. Ja. Aber nun geht es darum herauszufinden, ob jemand an ihrem Tod schuldig ist.«

Die macht mich fertig, dachte Conrad, das war ja nun wohl mein Part. Sieht der Dr. Dings wirklich irgendwie ähnlich. Er räusperte sich energisch und sagte: »Und danach sieht's aus.

Offiziell wird noch gerätselt. Aber...«, er senkte seine Stimme ein wenig, modulierte ins leicht Samtige, »Sie werden das natürlich noch für sich behalten, es muss sich um Mord handeln, alles andere wäre einfach viel zu unwahrscheinlich. Und zu dumm. Und Frau Bruns war doch nicht ...«

»Nein. Sie war alles andere als dumm.«

»Sie kannten sie also?«

»Natürlich. Ganz gut sogar, sie musste ja ständig hierher kommen.«

»Wieso?«

»Na, das ist normal, das gehörte zu Ihrer Tätigkeit. All die Absprachen, Planungen, die Termine, die Räume, das wird ja hier gemacht. Und jetzt muss ich leider Folgendes hinzufügen: Wir können jetzt einen Termin für Ihr Gespräch mit Dr. Priess vereinbaren. Wenn Sie aber auch mich befragen möchten, so kann auch ich dies nur unter Vorlage ...«

»Okay, ich weiß schon«, fiel Conrad ihr ins Wort, »und Sie haben natürlich Recht. Gut, wann also?«

»Wäre Ihnen nächste Woche Mittwoch recht? Um zehn Uhr?«

»Früher gibt's nix?«

Sie schüttelte bedauernd den Kopf. Conrad überlegte, ob er jetzt sagen sollte: Sie sind aber viel beschäftigt – aber er ließ es bleiben. Dabei hätte er sich wirklich zehnmal lieber mit dieser Frau verabredet, als mit ihrem ollen Chef.

13. Kapitel

Freitag, fünfter März. Nachdem Conrad die touristen- und esofreie Prollkneipe verlassen hatte, in die er auf ein Feierabendbier hineingeguckt hatte und in der er wegen der Übertragung des wegen Sturms um zwei Tage verschobenen Rückspiels zwischen ManU und Borussia hängen geblieben war, bemerkte er auf der anderen Straßenseite einen Typen, der verdächtig nach Friedhof aussah. Schwarze Klamotten, alles ziemlich weit und zugleich spitz zulaufend. Ein dezentes Klirren begleitete ihn – sicher die Amulette oder so. Conrad überlegte nicht lange und folgte ihm. Vielleicht hatte er Glück und der Typ ging gerade irgendwohin, wo auch dieser Leister verkehrte.

Der Junge ging sehr schnell und beachtete die vielen üppig beleuchteten Schaufenster der Mühlenstraße mit keinem Blick. Offensichtlich hatte er es eilig und ganz sicher hatte er ein Ziel. Hinter der langen Fassade eines großen Warenhauses bog er nach rechts in eine kleinere Seitenstraße. Als Conrad zum Straßenschild hochsah, blieb er erstaunt stehen: Die Straße hieß »Fegefeuer«. Hier war es erheblich dunkler. Der Bursche vor ihm hatte inzwischen die mit Kopfsteinen gepflasterte Straße überquert und war vor einem der uralten Häuser stehen geblieben. Er klopfte an die mächtige hölzerne Eingangstür. Conrad drückte sich an eine schattige Mauer. Nach kurzer Zeit konnte er hören, dass der Mann eng an den Türspalt gelehnt etwas tuschelte, wohl seinen Namen oder womöglich auch so etwas wie eine Parole. Die Tür wurde geöffnet und Conrad schien es, als trüge die hohe Gestalt, die er kurz undeutlich in der Füllung sehen konnte, eine dunkle Robe oder Kutte. Dann wurde die Tür hinter dem Eintretenden geschlossen. Conrad klopfte sich innerlich auf die Schulter. Dies schien in der Tat ein Treffpunkt für Untote zu sein, genau richtig für Leister.

Er ging hinüber. Ein Klingelschild gab es nicht, klar, es gab ja auch keine Klingel. Nur einen rostigen Briefkasten, auf dem allerdings kein Name stand. Conrad fingerte im engen Schlitz herum, förderte aber nur Werbemüll zu Tage. Direkt vor der Eingangstür war ein Anarchostern auf die Stufe gesprayt worden, wie sie in der Altstadt an jeder dritten Mauer zu sehen waren. Jedenfalls dachte er zuerst, dass es einer war. Allerdings stand er von der Straße aus betrachtet auf dem Kopf.

»Is ja echt der Hit«, murmelte er leise vor sich hin. »Spielen die hier doch tatsächlich Geisterbahn oder was!« In die fünf spitzen Felder des Pentagramms waren Ziffern geschrieben, Einsen, Zweien und Fünfen. Und als Conrad zur Hausnummer hochsah, wunderte er sich überhaupt nicht: Nummer dreiundzwanzig. Die kreuzrabenverflixte Zahl der Zahlen aller paranoiden Illuminaten-Spinner dieser Welt. Conrad hatte sich die berüchtigte Trilogie nie selbst angetan, das war ihm zu kompliziert gewesen, aber Jule hatte das Zeug mit großem Vergnügen gelesen und ihm einige der bekloppten Verschwörungstheorien zu entwickeln versucht – leider vergeblich. Nun stand er grinsend und mit dem Kopf nickend vor der Tür des konspirativen Geheimbundes, des Jahrestreffens der Rosenkreuzer, der Zeremonie eines veritablen Hexensabbats oder was auch immer da drinnen veranstaltet wurde.

Schließlich riss er sich von diesem die Phantasie beflügelnden Ort los, doch als er nach wenigen Schritten bis ans Ende des Fegefeuers gekommen war, wurde klar, dass die Gegend als Ensemble wahrgenommen werden wollte. Denn nun erweiterte sich der Blick und vor Conrad ruhte unerwartet und majestätisch wie ein prähistorisches Göttertier der riesige Dom. Direkt vor ihm, sinnreicherweise genau gegenüber der Mündung des Fegefeuers, das berühmte »Paradies«, ein kleineres Seitenschiff, das als Eingang an der Nordseite des äußerst lang gestreckten Hauptschiffs fungierte. Direkt vor ihm der Domhof mit seinen pechschwarzen Bäumen in vollkommener Stille. Rechts, angestrahlt mit unwirklichem, gelblichem Licht, die Doppel-Türme, zwei ungeheuren Hörnern gleich. Von dort oben schlug es tief dröhnend Mitternacht – erst viermal und dann zwölfmal in einer dunkleren Tonlage.

Verdammt, dachte Conrad ein paar Minuten später, das geht doch nicht. Er war schon zu Hause und hatte als Erstes seine vermaledeiten Eimer ausleeren müssen, einer war schon wieder übergelaufen, es regnete gerade wieder etwas stärker, aber was sollte er hier eigentlich? Ein paar Straßen weiter ging irgendwas ab und er hätte gern gewusst, was das war. Er nahm eine kleine Taschenlampe mit, die Tim liegen gelassen hatte.

Diesmal kam er also vom alten Zeughaus her ins Fegefeuer. Er begegnete niemandem. Manchmal war ein Auto von der Mühlenstraße her zu hören, ansonsten herrschte Stille. Bei der Nummer dreiundzwanzig öffnete sich ein Hof oder Gang, der zunächst an der Rückseite des Geländes der »Oberschule zum Dom« entlang verlief und sich dann in irgendwelche dunklen Tiefen erstreckte, durchaus bewohnt – aber Genaueres konnte Conrad nicht ausmachen. Dafür konnte er an der zu diesem Hof gelegenen Seite der Nummer dreiundzwanzig eine kleine, über seinem Kopf in die Mauer eingelassene Tontafel sehen und als er die Taschenlampe darauf richtete, las er »Hölle«. Mit Unglauben in den

Augen starrte er auf das Schild. Ein großer Kessel mit Menschen darin, ein paar Teufel drumherum, die meisten mit Dreizack in der Hand, einer mit dem Anfachen des Feuers beschäftigt. Alles schön modelliert und dazu eine Jahreszahl, geschwungen und etwas verwischt, entweder lautete sie 1936 oder 1938. Conrad verstand nichts. Hatten Nazis diesen Unfug veranlasst? Mit ihrem »Mythus«, auf den sie so stolz waren, hatte dies doch wohl nichts zu tun. Menschenverbrennung, hier schon Thema, 9. November '38? Oder handelte es sich um einen Kommentar ihrer Gegner? In dieser einesteils zutiefst bürgerlichen, andernteils sozialdemokratischen Stadt, das hatte er gelesen, hatten die Nazis zunächst keinen leichten Stand gehabt. Zu dreckig, Hitler durfte vor '33 hier nicht auftreten, musste ins unbedeutende Schwartau ausweichen. Rächte sich später dafür, man denke an Julius Leber, SPD hieß damals noch nicht Umfallerpartei, Leber ab ins KZ, Jahre später freigelassen, sofort neuerlich im Widerstand, hingerichtet noch '45. Aber hieß jetzt nur dies Haus hier Hölle, oder gleich der ganze Hof?

Jedenfalls ging er nun in diesen hinein, kletterte mit einiger Mühe über eine ziemlich hohe Mauer und stand in einem kleinen, vergessen wirkenden Winkel des Schulhofes, mehr ein Eckzipfel. Mühelos gelangte er von dort über verrottende Reste eines Holzzauns in einen schmalen und völlig verwahrlosten Gartenstreifen direkt an der Hinterseite des Höllenhauses. Und an der Hinterseite gab es auch ganz richtig eine Hintertür. Und diese Tür stand mindestens zwei Handbreit offen. Highway to hell, dachte Conrad und lauschte. Tatsächlich war eine Stimme zu hören. Die Leutchen da drin schienen sich wahrlich nicht besonders bedroht zu fühlen, so viel war klar. Conrad sah sich um. Ob ihn jemand aus einem der Ganghäuser beim Überklettern der Mauer beobachtet hatte, konnte er nicht wissen. Jetzt war er eigentlich nur von dem düsteren Schulgebäude aus zu sehen, und das dürfte ja wohl leer sein. So vorsichtig wie möglich zog er die Tür noch weiter auf. Natürlich quietschte und knarrte sie dennoch, ziemlich laut sogar, aber das Gemurmel von innen nahm keinen veränderten Ton an, der darauf hätte hinweisen können, dass er bemerkt worden war. Innen war es dunkel, doch von irgendwo flackerte etwas Licht umher und es roch nach Kerzen. Kein Mensch war zu sehen. Er wandte sich direkt in die Richtung, aus der die Stimme kam – und das schien die zum Abgang in den Keller zu sein. An der Treppe zögerte er. Immerhin war es hier von unten her etwas besser beleuchtet, er konnte neben anderem Gerät einen schweren Hammer erkennen, der an der Wand hing. Den nahm er in die Hand und spürte, dass ihm das Gewicht irgendwie gut tat. Das war doch etwas anderes als Tims Spielzeuglampe.

Das Murmeln nahm an Deutlichkeit zu, als Conrad leise die Stufen abwärts huschte. Einen Plan, dachte er, ich brauche einen Plan. Was genau will ich herausfinden und wie gehe ich vor? Möglichst lange unentdeckt bleiben kann schon mal nicht schaden, aber was weiter? Er konnte die Satzfetzen »zeige dich« verstehen und »ich befehle es«. Dann kam er unten an. Geradeaus und links dunkle Räume. Rechts eine Tür, ein Schlüssel steckte von außen im Schloss, wie er sogleich interessiert feststellte, aber jetzt stand sie weit offen, daher kamen Licht, die Stimme und der nun sehr starke Geruch von vielen Kerzen und noch etwas anderem, das er nicht gleich identifizierte. Eine Beschwörung. Eine Messe. Er hatte nichts anderes erwartet. Es war dann aber doch starker Tobak.

Als er vorsichtig in den Raum hineinlinste, sah er einen schwarz verhüllten, sargartigen Block. Darauf lag eine junge

Schönheit mit schwarzer Mähne. Sie war mit nichts als massenhaft bluttriefenden Fleischstücken bekleidet, die überall auf ihr aufgehäuft waren. Über sie gebeugt eine ganze Gruppe von Kuttenträgern, ungefähr zehn Frauen und Männer, viele Kutten waren vorn aufgerissen oder aufgeschnitten, Geschlechtsteile ragten heraus. Alle waren blutbeschmiert, sie aßen und tranken von den Delikatessen, die auf der Dunklen angerichtet waren. Sie leckten das Blut von ihren prächtigen Brüsten mit den steil aufgerichteten Nippeln. In ihr weit aufklaffendes Heiligtum steckte gerade einer, der wohl der Chefliturgiker war, so etwas wie eine Oblate. Er murmelte dabei irgendwas Lateinisches. Dann erhob er die Hände und setzte zu einer Anrufung an, ebenfalls lateinisch. Schließlich kniete er nieder und begann, die Oblate in der Vagina zu lutschen. Neben ihm standen schon andere schwarze Mönche und Nonnen mit Oblaten, die wohl nach ihm dran waren. Das Medium, oder was die Nackte darstellen sollte, wand sich, ihr Unterleib hob sich der Zunge entgegen und sie stöhnte laut. Ihr üppiges, pechschwarzes Schamhaar war deutlich erkennbar klatschnass. Der Gestank war kaum auszuhalten, das ganze rohe Fleisch und kannenweise Blut darin und – jetzt war die Herkunft des vorher unidentifizierten Geruches ja aufgeklärt – die Genitalien mit ihren Säften. Am Kopfende des Altars tauchte ein riesiger Typ sein imposantes Gerät tief in ein organähnlich aussehendes Fleischstück und näherte sich mit dem nun reichlich besudelten Ding dem Gesicht der Frau. Sie reckte ihren Kopf nach ganz hinten in den Nacken, öffnete langsam die vollen Lippen.

»'n Abend Mädels,« sagte jemand in diesem Moment vernehmlich und Conrad glaubte es kaum; er hatte das wirklich gesagt. Und es ging gleich so weiter. »Nett habt ihr's hier.

Lasst euch in eurer Andacht nicht stören. Ich hätte da nur mal 'ne Frage ...«

»Der Grand Duc! Er ist erschienen!«, schrie einer mit schreckverzerrtem Gesicht und warf sich platt auf den feuchten Kellerboden. Die anderen zuckten zusammen und starrten Conrad an und er starrte zurück und einige warfen sich nun ebenfalls zu Boden.

Nicht so der Oberpriester.

»Unterwirf dich meinem Willen, dunkler Fürst! Ich bin dein Meister!« Seine Stimme klang schrill vor Entsetzen. Offenbar hatte er noch nicht so oft das Vergnügen. »Gehorche mir! Wisse, ich kann dich bannen mit der Anrufung der Namen der Heiligen und ...«

»Ja ja, schon gut ... also wirklich!«, unterbrach Conrad den Burschen etwas verblüfft. Er hätte nicht gedacht, dass er diese Wirkung haben würde. Mit einer leichten Unruhe bemerkte er, dass der Hüne gegenüber bedächtig ein irgendwie benutzt aussehendes Schlachtermesser aus einem Wandregal nahm. Conrad überlegte, ob er die Party bloß wegen dieses Ekeltypen unterbrochen hatte und weil er der Spezialbehandlung, mit der das Medium sein bekleckertes Teil eben verwöhnen wollte, irgendwie nicht hatte beiwohnen wollen.

»Ich wüsste nur gern, ob einer hier Raoul Leister heißt«, fuhr er fort. Jetzt war's ja egal, also konnte er gleich Nägel mit Köpfen machen. Er hatte Leister erst einmal in der Zeitung und vorher irgendwann mal auf der Straße gesehen. In der flackernden Beleuchtung und vor lauter Kuttenträgern konnte er ihn nicht ausmachen.

Ein paar Gesichter drehten sich zu einem der Typen an einer Längsseite des Altars. Das war er also. Conrad sah ihn sich genau an. Er war groß und wirkte trotz des wallenden

Gewandes schmal und drahtig. Durchaus sportlich. Superblondes Haar, gefärbt, Frisur professionell gestylt. Gesicht nicht direkt hübsch, dafür lag ein irgendwie wacher, intelligenter Zug darin, selbst hier zu erkennen. Bekleidung vorn offen. Neben ihm glaubte Conrad den ebenfalls hellblonden Blässling auszumachen, dem er vorhin gefolgt war. Mit etwas größerer Unruhe bemerkte er währenddessen, dass der Hüne das Messer lediglich auf ein anderes Bord tat, um etwas Größeres, das dahinter gelegen hatte, herauszunehmen, und das das, was dahinter gelegen hatte, eine irgendwie benutzt aussehende Axt war. Er wog sie prüfend in der Hand, dann begann er, mit dem Ding herumzufuchteln. Plötzlich ließ er sie ins Regal krachen, es spritzte ein bisschen und ein paar von den Leuten schrien auf, sie dachten wohl, der Riese hätte jemanden getroffen, aber es war nur das Zeug, das noch drangeklebt hatte. Es musste frisch sein, sonst wäre es eingetrocknet. Als das Monstrum mit seiner Axt um den Altar herumkam und sich Conrad langsam näherte, dachte der, dass er vielleicht doch besser seine Pistole hätte mitbringen sollen, anstelle von Tims Lampe. Den Hammer wie zum Wurf hebend und damit auf das nach wie vor hoch aufgerichtete Körperteil zielend, auf das der Typ mit der Axt bestimmt sehr stolz war, zog er sich vorsichtig zurück in den Türrahmen.

Er hatte Leister gefunden. Um herauszufinden, wo er wohnte, musste er ihn nachher nur beschatten, ein Kinderspiel. Für den Moment gab es hier nichts mehr für ihn zu tun. Er knallte die Tür des Raums zu und drehte den Schlüssel herum. Sie würden das Schloss schnell geknackt haben, aber bis dahin würde er schon gut versteckt auf der Lauer liegen.

14. Kapitel

Sonnabend, sechster März. Jule hatte den Kindern bereits für das vergangene Wochenende den Aufenthalt bei Conrad verboten, was okay gewesen war, da er sowieso seine Lungenentzündung hatte auskurieren müssen. Es sah danach aus, als wolle sie dies Verbot bis auf weiteres aufrecht erhalten. Der Mord und der völlig berechtigte Verdacht, dass ihr Mann in dieser Sache private Ermittlungen durchführte, hatten den Ausschlag gegeben. Allerdings hatten der Zustand des kleinen Budenhauses, der Dreck und die Düsternis darin sie ohnehin nie recht überzeugt. Wenn ihr Mann so leben wolle – bitte. Aber die Kinder?

Conrad passte das gar nicht schlecht in den Kram. Er nahm sich vor, die Familie sonntags in Volksdorf zu besuchen und ansonsten mit seiner Renovierung zu Rande zu kommen. Außerdem brauchte er natürlich Geld – es würde auf Hafen hinauslaufen, er war so ziemlich pleite. Wenn gelegentlich mal ein Stündchen Zeit für seine Untersuchungen bleiben würde – um so besser.

Im Augenblick wollte er sich mal das Haus oder, wenn das möglich wäre, die Wohnung der jungen Bruns ansehen. Um zu dem Haus, in dem sie gewohnt hatte, zu kommen, musste Conrad einen Spaziergang quer durch die Altstadt machen. Es regnete nur leicht, aber der Wind war kalt. Nachdem er erst mal die Grube, deren Namen er nie wusste, hochgelaufen war, und vorbei an der Herz-Jesu-Kirche und der heruntergekommenen Seitenmauer eines Groß-Kaufhauses zur Mühlenstraße gelangte, wurde Conrad klar, dass er einen Umweg gemacht hatte. Schneller wäre es durch das Fegefeuer gegangen. Gut möglich also, dass die Organistin auf ihrem Arbeitsweg zum Dom tagtäglich an der Nummer dreiundzwanzig vorbeigekommen war.

Nach seinem Besuch bei der Messe neulich abends hatte er sich zunächst auf einen Schuppen und von dort auf das Dach eines niedrigen Schulanbaus geflüchtet. Nach ein paar Minuten waren ein paar Gestalten aus dem Hintereingang des Hauses gekommen, die Vordertür konnte Conrad von seinem Platz aus nicht sehen. Da die Typen einsehen mussten, dass sie keine Chance hatten, den Eindringling noch zu erwischen, waren sie bald wieder in ihren Partykeller verschwunden. Conrad hatte sein Versteck und den Höllenhof wenig später verlassen und sich stattdessen in einen stockdunklen Hauseingang im Fegefeuer gedrückt. Dort hatte er nicht mehr sehr lange warten müssen, bis die ersten aus der Nummer dreiundzwanzig kamen, um nach Hause zu gehen. Vielleicht hatte sein Auftauchen die Dinge für diesmal etwas abgekürzt, aber irgendwie verunsichert wirkte niemand. Conrad verstand zwar nichts Zusammenhängendes, aber er hatte den Eindruck, dass sie in normalem Ton miteinander sprachen, als sie herauskamen. Zum Teil gingen sie in Grüppchen, teils verabschiedeten sie sich einzeln voneinander – ganz offenbar hielt diese Gemeinde ihre kirchlichen Zusammenkünfte für vollkommen regulär und legal. Als Leister herausgekommen war, konnte Conrad ihm denn auch ohne viel Geducke und Gehusche folgen: Leister hatte sich nicht ein einziges Mal umgesehen und war durch die halbe Altstadt bis in die Große Gröpelgrube gelaufen. Dort hatte er gleich eines der ersten Häuser betreten. Er hatte dort eine der Wohnungen für sich allein, wie das ordentlich beschriftete Klingelschild bezeugte. Conrad hatte gewartet, bis im ersten Stock Licht anging, und sich dann zufrieden auf den Weg nach Hause gemacht.

Jetzt ging er die St. Annenstraße entlang. Gleich als Erstes fiel ihm ein sehr schönes Haus auf. Drinnen war ein Architekturbüro untergebracht, was sonst, aber so gut gestaltet, dass er die Leistungen dieses Büros gern für seine kleine Bude in Anspruch genommen hätte – wenn er es sich hätte leisten können. Neben dem Kloster lag die Synagoge. Ein Polizeibus mit zwei Beamten drin stand davor. Ein paar Schritte weiter lag die Aegidienkirche, still wie im Traum. Die Straße war eine meistenteils verschwiegene ehemalige Handwerkergasse von vielleicht tausend Metern Länge, die nach ein paar Schritten Balauerfohr, dann Schlumacherstraße hieß. In manchen Abschnitten war sie belebter, dort fuhren Späthippies mit hypermodernen Fahrrädern über das Kopfsteinpflaster, an den Straßenecken gab es Vegetarierrestaurants, Ökoläden und ein »Freibackhaus« – was immer das sein mochte.

Als Conrad an einem der alten Knabengymnasien vorbeikam, hieß die Gasse gerade Bei St. Johannis, wurde dann aber zum Tünkenhagen und zum Langen Lohberg, der schließlich auf die Große Gröpelgrube stieß, was der Sache ein Ende bereitete. Kurz vor diesem Ende ging es rechts den Weiten Lohberg hinunter, wo die Bruns gewohnt hatte. Hier war Conrad noch gar nicht gewesen, stellte er fest. Hier gab es, ganz selten in der Altstadt, Bäume. Jetzt waren sie kahl, aber immerhin, echte Bäume. Es sah sogar wie eine kleine Allee aus.

Er drückte aufs Geratewohl auf die untere, dann auf die mittlere Klingel in Nummer vier. Nichts rührte sich. Hm. Sonst gab es nur noch die Klingel, auf der »Bruns« stand. Er wusste nicht recht, wieso, aber er drückte drauf. War ja nicht sehr anstrengend. Der Summer ertönte prompt. Etwas überrascht ging Conrad in den Hausflur und die Treppe hinauf.

Als er im ersten Stock ankam, erwartete ihn eine alte Schachtel mit Schürze und Schnurrbart. Er solle gefällichst nich überall Sturm klingeln, fuhr sie ihn an. Falls er die Wohnung oben mieten wolle, müsse er sich schon an einige Regeln halten.

»Nu geh'n se man hoch und kucken sich das ma an. Ich komm nich mit, ich hab grad was auf'm Herd. Oben is offen, is auch schon jemand anders oben, aber das sach ich Ihnen, der kricht die Wohnung nich, so wie der aussieht. Sie sehn ja halbwegs wie'n anständiger Mensch aus, aber der ...«

Aus all dem musste Conrad schließen, dass die Sachen der Toten bereits fortgebracht worden waren. Es würde kaum noch etwas für ihn zu sehen geben, aber er stieg trotzdem die Treppe weiter hinauf in den zweiten Stock.

Er war noch nicht ganz oben, da hörte er schon wieder jemanden klingeln. Offenbar hatte die Alte eine Annonce aufgegeben. Als er in die Wohnung ging, sah er jemanden auf dem Dielenboden kauern und an einer der Fußleisten herumschrauben. Das war ja an sich schon ungewöhnlich bei einer Wohnungsbesichtigung. In der Wohnung einer jüngst unter noch ungeklärten Umständen ums Leben gekommenen Frau war es erst recht bemerkenswert. Noch bemerkenswerter fand Conrad allerdings, dass es sich bei dem Mann um den Riesenschlachter von der Schwarzen Messe der vergangenen Nacht handelte.

Reglos starrten sie einander an, während vom Treppenhaus her schwere Tritte zu hören waren. Ganz besonders bemerkenswert war, dass der Mann, der kurz darauf eintrat, der Schlägertyp mit der Vogelstimme aus der Düsteren Querstraße war. Nun starrten sie alle drei einander an, the good the bad and the ugly, dachte Conrad, denn es war gleich klar, dass dies hier auf Konfrontation hinauslief.

Conrad rührte sich als Erster. Völlig ungebremst rannte er in den Riesenvogel hinein. Der reagierte nicht, aber er fiel auch nicht, trotz der heftigen Wucht des Aufpralls wankte er nur ein wenig und selbst in seinem adrenalingedopten Zustand registrierte Conrad dies mit einem gewissen Unbehagen. Sofort fing er an, den Riesen mit Schlägen und Tritten zu bearbeiten, und ohne zu überlegen, rammte er ihm mit voller Kraft die Rübe ans Kinn. Es war ihm egal, wie weh ihm selbst das tat – er konnte körperlichen Schmerz jetzt eigentlich gar nicht empfinden. Der Vogel war wohl immer noch zu überrascht, um sich effektiv zu verteidigen, und endlich sackte er lautlos zu Boden.

»Ha, das war ja noch gar nichts! Glaubst du etwa, das war's schon?«, brüllte Conrad und trat auf die Seiten des Mannes ein, auf die Rippen, in die Nierengegend.

Doch dann erhob sich der Kerl plötzlich. Mit dem leicht melancholischen Blick, den Conrad schon kannte, stand er einfach auf, als seien Conrad und seine Bemühungen bestenfalls so wirkungsvoll wie irgendein lästiges Insekt. Der Schlachter hatte sich das eine ganze Weile lang angesehen, immer noch am Boden hockend, aber jetzt richtete auch er sich auf.

Von unten hörte man aufgeregtes Gekeife, das musste ja wohl die Vermieterin sein, die sich die Stufen hoch kämpfte. Conrad hatte das ungute Gefühl, dass dies eine Situation war, die er absolut nicht kontrollierte. Also bemühte er sich um eine gewisse Haltung und sagte betont lässig zu dem Vogel: »Das hier ist Bodo. Es wird ihm ein Vergnügen sein, dir ein paar reinzuwürgen. Bodo, die hässliche Krähe hier hat behauptet, du steckst deinen schrumpeligen kleinen Schwanz nur deshalb in gammelige Koteletts, weil die dich irgendwie an deine Mama erinnern, vor allem der Gestank.

Und weil die Koteletts dich nich auslachen wenn du's wieder nich bringst.«

Ob der Schlachter das nun glaubte oder nicht war ihm nicht anzusehen. Zunächst begnügte er sich damit, Conrad einen kurzen, wütenden Blick zuzuwerfen und seine Aufmerksamkeit dann auf das vordringlichere Problem, den Vogelmann nämlich, zu richten. Der Vogel musste annehmen, dass Conrad und der Schlachter zusammengehörten und dass er es folglich mit zwei Gegnern zu tun hatte. Den einen, Conrad, schien auch er nicht ernst zu nehmen, jedenfalls fixierte er den anderen, und den musste er in der Tat ernst nehmen.

Es wurde ein prima Schwergewichtsfight. Der Kanarienvogel war genauso groß wie der Schlachter, aber nicht ganz so breit. Er bewegte sich schneller und geübter. Fast jeder seiner mächtigen Hiebe war ein Treffer. Der Schlachter musste ordentlich einstecken und traf viel seltener, aber wenn, dann mit einer solchen Wucht, dass der Vogel große Mühe hatte, auf den Beinen zu bleiben. Es schien dann jedes Mal, als müsse sein Hirn sich erst mal wieder zurechtschaukeln.

Conrad rekelte sich vor schaurigem Wohlbehagen und feixte, wenn es so richtig krachte. Er selbst hätte kaum einen der wohl gezielten Schläge des Vogels überstanden, von den Schlachter-Knallern ganz zu schweigen. Die zwei Riesen jedoch konnten ganz erstaunlich viel vertragen. Ihre Visagen bluteten kräftig und auch aus den Augenbrauen sabberte dunkle Brühe. Was die inneren Organe alles so abkriegten, war nur zu ahnen, jedenfalls hörten sich die dumpfen Einschläge gar nicht gut an, die Nase des Vogels und ein paar Rippen des Schlachters knackten laut. Conrad versuchte sich die jeweils am schlimmsten getroffenen Körperpartien zu merken – er hoffte diese Informationen noch mal nutzen zu können.

Die Schachtel von unten tauchte endlich in der Tür auf und schrie rum, was das solle, sie werde sofort die Polizei rufen. Conrad hielt das aus ihrer Sicht für verständlich und versuchte keineswegs, sie davon abzubringen. Trotzdem wollte er die Jungs hier ungern den amtlichen Kollegen überlassen – zumindest zum gegenwärtigen Zeitpunkt schien ihm das nicht besonders hilfreich, denn er hoffte, dass diese Typen ihn irgendwie noch weiterbringen könnten. Während die Alte in ihrem Schneckentempo armfuchtelnd abzog, um zu ihrem Telefon zu gelangen, lagen die beiden Monster bereits so im Clinch, dass richtige Schläge nicht mehr möglich waren, wohl aber äußerst schmerzhafte Wirkungen hervorrufende Beinarbeit und Kopfnüsse, außerdem natürlich Kratzen, Beißen, Augenstechen, Haarbüschel ausreißen und was sie an dergleichen filigranen Nahbereichstechniken noch so beherrschten. Als es ihm Zeit zu werden schien, tickte Conrad das keuchende Knäuel vor sich vorsichtig mit der Schuhspitze an. Dann weniger vorsichtig. Schließlich ganz und gar unvorsichtig.

»So ihr Schwuchteln, das reicht jetzt. Lasst mir noch was übrig.« Es dauerte ein bisschen, doch dann begann das Knäuel sich zögernd zu entknoten. Ein beinahe unkenntlicher Kopf tauchte auf, dann noch einer.

»Was'n das für'n ... verdammt, den Spinner hab ich ganz vergessen! Und ich heiß überhaupt nich Bodo«, murmelte der Schlachter.

»Wieso, ich denk das is dein verfickter Partner, Bullensau!«, der andere.

»Hä? Bullensau? Wer bissu überhaupt, du Penner?«

»Geht dich'n Dreck an, Arschloch.«

»Wichser.«

»Arschloch.«

Mühsam versuchten sie hochzukommen. Conrad nickte ihnen freundlich zu. Soso, der Vogel hielt ihn also für einen Bullen. Das war nicht uninteressant, aber trotzdem war Conrad noch nicht klar, weshalb er ihm in dem kleinen Gang die Abreibung verpasst hatte. Auch hätte er gern gewusst, was der Schlachter mit der Fußleiste zu tun gehabt hatte. Sah doch ganz so aus, als suchte der was. Nun, dies war nicht der richtige Augenblick für weitere Nachforschungen.

»Ich glaub es is besser, ihr Törtchen haut jetzt auch mal ab, die richtigen Bullen werden gleich hier sein. Man sieht sich.«

* * *

Auf dem Rückweg erstand Conrad eine Zeitung und versuchte, fröhlich vor sich hinpfeifend, blätternd und im Gehen die Rückspielergebnisse der Champions League zu finden. Dabei wählte er solche Gruben und Gassen, die er nicht kannte, oder an die er sich zumindest nicht erinnern konnte. Verlaufen machte ihm noch immer Spaß in der Altstadt.

Der überregionale Teil leitete direkt in die Angebote eines örtlichen Teppichgroßhändlers über, Supersonderallesmussraus, dann kam Fernsehen, anschließend wieder ein paar Anzeigen und die Kultur. Der Lokalsport war anderswo zu finden, als der, den Conrad suchte, übrigens ärgerte er sich, dass es ihm noch nicht gelungen war sich zu verlaufen. Im Lokalteil blieb er hängen, hier wurde ein gelernter Orgelbauer und Organist namens Christian Thomas Matthies vorgestellt. Er wurde als überraschend heißer Kandidat für die »Wiederbesetzung der unerwarteter Vorgänge wegen vakanten Domstelle« gehandelt, eine hanseatisch unterkühlte Formulierung, wie Conrad sie liebte. Überraschend sei Matthies' Favoritenrolle nicht etwa wegen mangelnder künstlerischer Qualifikation. Auch sein Fachwissen als Konstrukteur sei unbestritten und habe daher aus nachvollziehbaren Gründen schon früher durchaus als Vorteil gelten können. Nur sei der junge Mann überregional, wenn überhaupt, dann als reiner Barock-Spezialist in Erscheinung getreten. Sein Repertoire habe in der Vergangenheit demnach als etwas begrenzt gegolten und bei Bewerbungen auf bedeutendere Stellen, etwa in Hamburg oder Münster, sei aus diesem Grunde stets knapp gegen ihn entschieden worden. Die sensationelle Darbietung einer Meditation von Olivier Messiaen, von Matthies lediglich »in Vertretung der ehemaligen Domorganistin« – neuerlich eine Formulierung nach Conrads Geschmack – gespielt, habe dem Künstler jedoch eine ganz andere Aufmerksamkeit zuteil werden lassen ...

Soso, dachte Conrad, is ja wie im Fußball, einmal 'ne gute EM gespielt, schon biste Megakicker. Und wer zum Geier ist Olivier Messiaen? Hatte nicht auch die Kleine in der Musikalienhandlung von dem gesprochen? Oh, die hatte er doch einladen wollen, verdammt, ganz vergessen, dabei war die doch ganz süß.

Conrad überflog noch einen Artikel, der in einen farbig unterlegten Kasten an die Unterkante des Blattes geklemmt war. Es ging um die Orgel selbst, ihren Erbauer aus dem dänischen Apenrade, ihre exzellente Technik und darum, dass aus Gründen, die noch immer nicht gänzlich geklärt werden konnten, ganze Register begonnen hatten von innen zu korrodieren. Die notwendigen Maßnahmen zur Instandhaltung seien vor einigen Wochen abgeschlossen worden. Alle Pfeifen seien, übrigens auf Empfehlung des in diesen Dingen sehr beschlagenen Herrn Matthies, etappenweise in einem eigens ausgewählten Restaurationsbetrieb in Lodz spezialbehandelt worden und wohlbehalten wieder eingetroffen. Doch stünde zu erwarten, dass versicherungsrechtliche Meinungsverschiedenheiten in der Frage, wer in diesem bislang einmaligen Fall die hohen Kosten zu tragen habe, die Gemüter noch lange erhitzen würden ... schön, schön, aber wo verdammt is hier die Champions League?

Eh er sich's versah, war er schnurstracks in einen Touristenstau gelaufen, eine Truppe Ossi-Rentner vorwärts aus Glandorps Gang in den Füchtingshof, eine Ladung Japsen-Rentner retour vom Füchtingshof in Glandorps Gang. Na super, fluchte er, Borussia draußen, das hatte er ja gestern gesehen, aber nicht nur ManU, auch Real, Bayern und Juve alle weiter, gegen wen, interessierte da eigentlich nicht mehr. Jetzt war es egal, Conrad ließ sich einfach mitnehmen. Seine gute Laune war erst mal im Eimer und aus dem leichten Nieseln war, wenn er nicht irrte, stärkeres Nieseln geworden. In der Mengstraße ging es nicht weiter. So ein Trupp Schulkids auf Ausflug oder Klassenfahrt glotzte auf die Flanke der Marienkirche und versperrte alles. Notgedrungen sah Conrad sich den Haufen näher an, aber es gab nichts zu sehen. Die pickeligen Typen rotzen bloß immer alles voll und die Mädels rauchten Marlboro lights und quatschten permanent.

»Mann is das scheißkalt.«

»Ey, das Teil is irgendwie echt Gothic!«

»Was'n für'n Teil?«

»Na das da, die Kirche oder was das is.«

»Ach das. Mann, scheißkalt isses.«

Schließlich hatte Conrad sich durch den Gestank und die gutturalen Geräusche hindurchgekämpft. Am Rand der Horde nuschelte einer, der wohl der Lehrer war, Kulturhistorisches vor sich hin, immer ein Auge im Reiseführer. Dass keiner zuhörte, schien ihn nicht weiter zu stören.

Conrad dachte darüber nach, wie es dazu gekommen sein

könnte, dass er sowohl den Schlachter als auch den Vogel in der Wohnung der Toten getroffen hatte. Ganz sicher waren sie alle drei nicht da gewesen, um sich einzumieten. Und der Schlachter hatte etwas gesucht – oder auch versteckt, aber Letzteres schien eher unwahrscheinlich. Welchen Zusammenhang gab es zwischen der mysteriösen Schläger-Gang und der Bruns? Dass sie mit den fidelen Satanisten gekungelt hatte, zumindest mit Leister, wusste er ja bereits. Den musste er sich dringend vorknöpfen, das war ja schon lange klar. Aber wer war bloß dieser Vogelmann? Das Einzige, was er, Conrad, mit einigem Grund annehmen konnte, war, dass es sich nicht um einen bloßen Gelegenheits-Schläger, sondern um einen mehr oder weniger professionellen Gangster handeln dürfte. Er hatte von »Angelegenheiten« gesprochen, in die nicht »reingepfuscht« werden solle – das klang nach Unterwelt. Und die Prügel hatten sich auch nach Unterwelt angefühlt. Und er hielt ihn, Conrad, für einen Bullen. Und ganz offenbar hatte er was Grundsätzliches gegen Bullen, auch das sprach für Unterwelt. Und schließlich sah der Typ einfach nach Unterwelt aus. Alles für sich genommen keine zwingenden Gründe, aber zusammengenommen hinreichend für die Hypothese: Gangster. Damit erschöpften sich die Erkenntnisse über ihn aber auch schon. Conrad würde auf ein weiteres Zusammentreffen hoffen müssen. Und er glaubte, darauf kaum lange warten zu müssen, denn ihre Wege hatten sich bisher sicher nicht zufällig gekreuzt.

Es war immer noch heller Tag, soweit es in diesem ewigen Winter überhaupt hell wurde, Conrad konnte nicht umhin, es sich einzugestehen. Er stritt deshalb ein bisschen mit sich herum und beschloss am Ende aber doch einstimmig, dass es Zeit für ein oder zwei Bier in seiner bevorzugten Notkneipe – geöffnet ab neun Uhr morgens – in der Kleinen Kiesau war.

15. Kapitel

Sonntag, siebter März, das Geläut wollte kein Ende nehmen. Wenn der eine Turm fertig war, fing der nächste an. Als schließlich die Portale der Gotteshäuser, wieder unter Einsatz aller Glocken, die Gläubigen an ihre festlich gedeckten Tafeln entließen, wie es sich ziemte von jeher, musste Conrad dringend raus und fürs Frühstück einkaufen – die wenigen überhaupt geöffneten Geschäfte würden bald schließen. Der Spanier bei St. Aegidien, dachte Conrad, der müsste im Wesentlichen alles haben, also italienischen Kaffee, dänischen Feta, türkische Oliven und was er sonst so brauchte.

Und gerade, als er darüber nachdachte, ob er die hübsche Notenverkäuferin in den nächsten Tagen aufsuchen sollte, oder vielleicht gleich morgen, kam sie aus der Aegidienkirche. Lief ihm direkt über den Weg. Oder hatte er sie schon kommen sehen, ohne sie bewusst zu erkennen und deshalb an sie gedacht? So ganz jung war sie vielleicht gar nicht, schien ihm jetzt, jedenfalls nicht so jung wie die Quasselstrippe damals, wie hatte die gleich geheißen, mit D, er kam nicht drauf, Dorthe, Doreen? Nein, so ein neunzehnjähriges Mädel war dieses nicht, eher Anfang zwanzig, was doch sicher ein großer Unterschied war. Jedenfalls stand sie da vor ihm, lächelte ein wenig scheu, stand, lächelte, stand und als er noch immer nichts sagte, gab sie sich einen Ruck, grüßte und wollte weitergehen.

Jetzt endlich Conrad: »Guter Moment für ein kleines Frühstück, finden Sie nicht? Ich lade Sie ein. Wir könnten gleich drüben in der kleinen Kie...«

»Frühstück? Um diese Zeit – nein, leider, das ist sehr nett, aber das geht leider nicht. Ich muss in den Dom.«

»Ähm ja, schade. Aber Moment! Sie sind doch gerade aus dieser Kirche hier raus. Und jetzt wollen Sie schon wieder ...?«

»Probe. Also Chor.«

»Verstehe. Sie singen in verschiedenen Chören. Und jetzt kommen Sie von der einen Probe und gehen zur nächsten.«

»So ähnlich, ja. Wie eine ganze Menge anderer Leute auch. Die Chöre können sich zwar über mangelnden Zulauf nicht beklagen, aber, na ja, wie soll ich das sagen – ein paar sollten doch dabei sein, die singen können.« Sie lächelte wieder ein bisschen schüchtern.

Conrad bedauerte, dass sie einen dicken Mantel trug, der ihre Körperformen verhüllte. Statt dessen sah er sich ihr Gesicht an, das ihn ebenfalls erfreute.

»Hier in Aegidien, das war jetzt keine Probe, das war schon die Aufführung«, fuhr sie etwas nervös fort. »Aufführung ist zu viel gesagt. Wir haben im normalen Gottesdienst gesungen. Schumann, Fauré und Pärt, Passion.« Sie nickte bestätigend, als ginge sie davon aus, dass Conrad damit etwas anfangen könne, und fügte, weil er nicht reagierte, hinzu: »Beziehungsweise Requiem und Messe, aber jeweils nur einen Teil.«

Conrad überlegte, ob er jetzt auch mal wieder was sagen solle und vor allem, was, und ob sie einen festen Freund hätte, und wenn, ob sie vielleicht trotzdem ...

Sie sprang nochmals für ihn ein. »Ein bisschen verfrüht, es ist ja noch nicht Passionszeit. Aber diese ewigen Sonntage nach Epiphanias, ich weiß gar nicht, wie viele das sind, da ist ja wirklich nichts los. Und in der Karwoche dann viel zu viel. Das wird seit ein paar Jahren etwas entzerrt.«

Conrad verstand Bahnhof und nickte. »Gut. Ich begleite Sie ein Stück«, entschied er dann. Das wird nix mehr mit dem Spanier, dachte er. Hinüberschielend sah er den Mann schon damit beginnen, seine Gemüsekisten vom Bürgersteig zu räumen und versuchte sich zu erinnern, ob wenigstens noch was zu trinken in seinem Haus war. »Zum Dom also. Und? Was proben Sie da?«

»Bach. Gab's im Dom schon lange nicht mehr.« Die junge Frau sagte das mit einer Spur Sarkasmus in der Stimme, wirklich nicht viel, aber es reichte aus, um Conrad stutzig zu machen.

»Ja und? Ist denn etwas falsch an Bach?« Aber dann erinnerte er sich daran, gelesen zu haben, dass die ehemalige Domorganistin keine Liebhaberin der Musik des Barock gewesen war. »Singen Sie dort schon länger? Haben Sie Ulrike Bruns, die da ja wohl den Chor geleitet hat, also nicht nur aus dem Laden gekannt?« Er fragte mit einer gewissen Strenge, quasi Verhörstimme, ein Fehler.

»Hab ich das gesagt? Oder das Gegenteil behauptet?« Jetzt klang auch ihre Stimme anders, verärgert oder beleidigt, jedenfalls war da keine Spur mehr von mädchenhafter Scheu. »Und, bitte nehmen Sie's mir nicht übel, aber ich sehe noch immer nicht, was Sie das angehen könnte.«

Sie gingen die überbreite Parade hinunter, direkt auf den merkwürdig abgelegenen Dom zu. Die größten Touristenströme erreichten ihn nie. Vom berühmten Tor, von seinem Panorama, seiner Gott sei Dank dürftig ausgestatteten Folterkammer und seinen Salzspeichern herkommend, biss sich ein großer Teil schon an der plockigen Holstenstraße die Zähne aus. McDonald's und ein paar zweitklassige Klamottenläden, das reichte für die bildungsrenitente Jugend, die anderen kämpften sich weiter. Hatten sie sich bis zum Markt hoch gewälzt, waren sie bereits ein wenig müde, ließen Pranger und Rathaus über sich ergehen, um, nun schon ziemlich erschöpft, willen- und interesselos, als Höhepunkt der gröblichst amputierten Tour, St. Marien zu durchtrotten, um schließlich entlassen zu werden in die – und zwar mit Recht! – ersehnte Marzipanschlacht, die da hieß »Niederegger«; seines Zeichens berühmtestes Rentnerparadies des Deutschen Nordens.

»Nun«, in Conrads Stimme schwang ein butterweicher Unterton, »ich nehme Ihnen das ganz gewiss nicht übel. Wie könnte ich, wo Sie doch ganz offensichtlich im Recht sind. Oder zumindest zu sein scheinen. Das Problem«, er machte eine kleine Pause, um sich zu überlegen, was zum Guru er eigentlich sagen wollte, »das Problem liegt darin, dass ich Ihnen genau zu diesem Punkt nichts sagen kann.«

Sie sah ihn skeptisch und fragend an, nur kurz, aber es war deutlich, das ihr das nicht reichte, und er hatte ja auch wirklich nichts geboten.

»Weil ...« Er wusste, dass er tatsächlich keinen triftigen Grund angeben konnte. Er hätte schon seine komplette Lebensgeschichte erzählen müssen und auch dann wäre nicht unbedingt klar geworden, warum er tat, was er tat. Er gab auf. »Weil ich eben nicht will.«

»Okay«, sagte sie einfach.

Es klang zufrieden und das verstand Conrad nun überhaupt nicht, aber er hütete sich, irgendwelche Fragen zu stellen, denn gerade jetzt öffnete die Schöne schwungvoll die schwere Tür des Seitenportals an der nördlichen Flanke des Schiffs, das immer als Eingang fungierte – wer könnte schon begreifen, warum das eigentliche Hauptportal stets, selbst an den höchsten Feiertagen, feierlich verschlossen blieb – und hielt sie ihm auf und also betrat er den riesenhaften Gottesbau vor ihr.

Das Innere, dies hatte ihn bei seinem ersten Besuch im Zuge einer der Entdeckungstouren mit den Kindern überrascht, überzeugte durch eine mutige, ganz ungewöhnliche Raumgestaltung. Selten hatte er eine so licht wirkende Kirche diesen Alters gesehen, den Altar zentral platziert, das schlichte Gestühl im Kreuz angeordnet. Der komplette Ostchor des überlangen Schiffs wurde durch eine bis ganz in das Kreuzgewölbe reichende Wand aus Glas abgeteilt. Die Westseite zwischen den Türmen war freigeräumt worden für ein großes Fenster. Die Orgel, die dort sicherlich früher ihren Platz hatte, war stattdessen an der Nordseite angebracht, kantig, blau und silber mit horizontal in das Schiff ragenden Trompeten – so hatte Conrad sie beim Eintreten links über sich hängen sehen.

Er empfinde ihr Äußeres als auf eine angenehm altmodische Weise modern, falls man das so ausdrücken könne, sagte er, und in ihren Ausmaßen wirke sie erstaunlich zurückhaltend. Das sei schon richtig, bestätigte die junge Frau, auf das Klangvolumen treffe dies aber keineswegs zu. Das Instrument sei 1970 konstruiert worden, Marcussen & Son, bekannte dänische Orgelbauer.

»Heute ist die erste Hauptprobe mit allen Beteiligten. Johannes-Passion«, sagte sie dann und nickte kurz hinüber zu einigen Musikern, die damit beschäftigt waren, ihre Instrumente auszupacken und zu stimmen. Im Weitergehen grüßte sie auch viele Mitglieder des Chors, sie standen, noch in ihren Mänteln, in Grüppchen im ganzen Dom verteilt, sprachen, anders als die wenigen umherwandernden Touristen mit ihrem halblauten Gemurmel, in normaler Tonlage miteinander und manchmal lachte jemand laut.

»Tja, ich glaube, ich störe dann jetzt wohl«, sagte Conrad etwas unschlüssig.

»Nein, wieso? Es sind ja noch nicht mal alle da.« In der Tat kamen noch immer jeden Moment Männer und Frauen in das Gotteshaus, einige an ihren typisch geformten Koffern oder Kästen unschwer als Instrumentalisten erkennbar, einige wenige klassifizierte Conrad, an sich kein Kenner in diesen Dingen, anhand ihres bloßen Gebarens als Gesangssolisten. »Und ich habe nicht bei Frau Bruns gesungen, kenne sie also nicht von hier. Ich muss gestehen, dass ihre musikalische Arbeit mich nicht immer begeistert hat. Nichts gegen ihren Palestrina-Fimmel, Desprez, di Lasso und diese alten Sachen. Und Hugo Distler hat sie hochgehalten, was man hier in der Stadt natürlich gern gesehen hat. Zurecht, wie ich finde, auch wenn ich mich immer gefragt habe, wieso sie gerade ihn mochte, mit seiner Vorliebe für barocke Techniken. Jedenfalls hat sie seinen Totentanz wirklich gut aufgeführt.« Sie fing Conrads überraschten Blick auf. »Na ja, das klingt jetzt, wo sie tot ist, vielleicht etwas zynisch.« Und nach einer kurzen Pause: »Ein bisschen älter als sie ist er ja noch geworden, bevor er sich ... na, Sie wissen schon.« Von wegen, ärgerte sich Conrad im Stillen, ich weiß wie immer gar nix, aber er deutete ein leichtes Nicken an.

»Aber dann ewig dieses pseudointellektuelle Zeug von Boulez und Stockhausen, Penderecki, Xenakis, Rihm ...«

»Moment« sagte Conrad.

»Und die »Politischen«! Nono, Henze, klingt wie vertonter Adorno, alles abgestandener Kram, langweilig, völlig uninteressant, ohne brauchbaren Rhythmus, ich habe mir früher ziemlich viel davon ange...«

»Moment mal! Das ist ja alles sehr schön, aber ich ...«

»Ja, ich weiß, so was darf man gar nicht sagen, da ist man gleich stockkonservativ, wenn man diese öden Opas nicht mehr hören will, übrigens ist Messiaen kaum weniger ...«

»Ich finde, sie haben völlig Recht!«, stellte Conrad nachdrücklich fest, und als die Verkäuferin, die sich bislang offenbar als einsame Streiterin empfunden hatte, mit einem überraschten Blick verstummte, fügte er wahrheitsgemäß hinzu: »Ich habe in den letzten Jahren ebenfalls keinen dieser Komponisten gehört. Tatsächlich höre ich in letzter Zeit fast ausschließlich Van Morrison.« O hauaha!, dachte er sofort, das war nun wirklich nicht nötig, jetzt bin ich unten durch, aber sie fragte nur interessiert, wer denn das sei, und er nuschelte:

»Irischer Komponist. Zeitgenössisch, allerdings auch nicht mehr ganz jung.« Es wurde nun doch Zeit, sich zu verabschieden, die meisten Musiker hatten ihre Plätze eingenommen und auch Matthies war erschienen, wie Conrad von ferne sah, offensichtlich hatte er die Leitung inne, er ordnete seine Blätter auf dem Pult.

»Eine Frage noch: Wissen Sie, wer etwas gegen Frau Bruns gehabt haben könnte, mit wem sie vielleicht Streit ...«

»Also ich möchte mal eins klarstellen: Ich habe sie nicht besonders gut gekannt, habe nie bei ihr gesungen oder sonstwie musiziert und ich weiß nicht viel über sie. Ich weiß nur, dass ich sie nicht leiden konnte. Wenn so was geschieht, wird man nachdenklich, das bleibt nicht aus, aber zu ihren Lebzeiten habe ich sie immer für eine aufgeblasene, eingebildete Kuh gehalten. So.«

»Ah«, machte Conrad, »na gut, ehrliche Aussage, okay.« Allright – die ist ja wohl wirklich nicht zwanzig, die muss das ja richtig studiert haben, dachte er, und: Die hat keinen festen Freund, die ist bestimmt in einen der vielen Typen verliebt, die für die Bruns geschwärmt haben, und darum hatte sie was gegen die Frau gehabt, vielleicht himmelt sie Matthies an, bei dem singt sie ja schließlich. Also fragte er ins Blaue: »Herrn Matthies' bescheidene Art ist da schon überzeugender ...«

Aber sie winkte desinteressiert ab. »Ach was. Garantiert Getue. Die sind doch allesamt total geltungssüchtig.« Sie machte eine Handbewegung, die in etwa den Bereich umschreiben mochte, in dem sich der Organist und die Solisten befanden, inzwischen ungeduldig auf die letzten noch herbeieilenden oder Stühle rückenden Chorsänger wartend. Es sollte losgehen.

»Letzte Frage: Wie heißen Sie eigentlich? Und darf ich Sie in den nächsten Tagen zum Essen einladen? Das mit unserem Frühstück ist ja nun nichts geworden ...« Statt zu antworten, strahlte sie ihn nur kurz aber heftig an, um sich dann unter die anderen Sängerinnen zu mischen.

Und sie weiß, wie man's machen muss mit so'm alten Sack wie mir, schalt Conrad sich, als er den Dom verließ.

* * *

Nach einem kurzen Blick in seinen Kühlschrank machte Conrad sich keine halbe Stunde später nochmals auf, um irgendwo sein Frühstück nachzuholen. Er war gerade durch einen schulterbreiten Durchgang zur Depenau und Obertrave gegangen und schon fast an der in uralten Treppengiebel-Häusern untergebrachten Musikhochschule vorbei. Eine Klezmer-Klarinette oder etwas ähnlich Grausames war zu hören, und dann, er hätte es schwören können, eine Mundharmonika, da sah er ein Stück weiter voraus einen Wagen anhalten. Aus dem Wagen stiegen drei Männer. In den Händen hatten sie drei Kanonen.

Conrad rannte die letzten paar Meter vorwärts und warf sich in eine von halbhohen Einfahrtseinfassungen geschützte Ecke. Ein Zigarettenautomat und ein Postkasten hingen hier an einer Hausmauer. Conrad überlegte kurz, zog dann, ein historischer Moment, seine alte Dienstpistole, die er seit den Treffen mit dem Vogelmann wieder bei sich trug, entsicherte sie automatisch und feuerte einmal in die Luft. Das würde die Männer erst mal auf Distanz halten.

Er war nicht gerade ruhig, aber richtige Panik hatte er auch nicht. Sie hätten ihn bereits abknallen können, wenn sie wirklich gewollt hätten. Offenbar hatten sie was anderes vor. Er konnte versuchen, sich aus dieser Sache herauszuballern. Allerdings musste er die Typen dazu anschießen. Und herausbekommen, was sie eigentlich wollten, würde er auf diese Weise jedenfalls nicht. Dann warf er kurzentschlossen seine Waffe in den Postkasten.

»Ich komme raus. Nicht schießen!«, rief er. »Ich hab die Knarre weggeworfen.« Als Antwort schlugen ein paar Geschosse im Mauerwerk über ihm ein, auch ein Fenster ging zu Bruch. Scheiße auch, die Typen waren ja reichlich nervös. Nachdem der prasselnde Schutt- und Splitterregen nachgelassen hatte, rief er ungefähr dasselbe noch mal. Diesmal schossen sie nicht. Zögernd linste er um die Ecke, dann atmete er tief durch und kam mit erhobenen Händen aus der Deckung.

Sie erwarteten ihn breitbeinig und aggressiv, aber die Waffen, das hatte er richtig kalkuliert, steckten sie sichtlich erleichtert wieder ein. Dann schubsten sie ihn in den Wagen: eine undefinierbare, dunkle Limousine. Sie waren sauer und beschimpften Conrad, weil die Aktion »unauffällig über die Bühne« hatte gehen sollen. Conrad schloss daraus, dass er im Auftrag von jemandem, für den die Typen arbeiteten, gekidnappt werden sollte und dass sie wegen der Schüsse nun Ärger kriegen würden.

»Soso, ihr findet es also unauffällig, mit der Wumme in der Hand herumzuspazieren und andere Leute auf offener Straße zu entführen«, spottete er.

»Schnauze, Bullensau. Du hättest ja wenigstens nicht gleich rumballern müssen!« Immerhin schlugen sie ihn nicht, obwohl deutlich zu sehen war, dass sie genau das gern getan hätten. Sie mussten wirklich Respekt vor ihrem Auftraggeber haben.

»Tut mir ehrlich Leid. Ich dachte, das macht man so und wollte euch nicht enttäuschen.«

»Schnauze!«

Wieso hielten sie ihn für einen Bullen, fragte Conrad sich. Okay, er war ja einer gewesen, aber das war lange her und nicht in dieser Stadt. Und was zum Henker wollten sie oder ihr Boss denn nun von ihm? Für die Jungs von der örtlichen Polizei würde es keine besonders schwierige Aufgabe darstellen herauszufinden, auf wen die Waffe im Postkasten registriert war. Er hatte noch gedacht, dass es ihren Eifer ein wenig anstacheln würde, wenn sie feststellten, dass sie abgefeuert war. Mehr hatte er jedenfalls nicht tun können, um eine Spur zu legen. Schließlich hatte er keine Zeit gehabt, ein Briefchen dazuzuschreiben. Aber angesichts der Verwüstungen, die die Kerle danach angerichtet hatten, war dies Detail nicht mehr so wichtig. Man würde nun ohnehin sehr eifrig sein und nach ihm, Conrad, suchen.

»Außerdem habe ich nur einmal geschossen, ihr dagegen musstet ja unbedingt gleich die halbe Fassade ...«

»Schnauze verdammt! Goran, mach mal Radio an, und schön laut, damit ich diesen Drecksbullen nicht mehr hören muss.« Es lief gerade Werbung, höllisch laut wurden die vier Männer im Wagen über eine Neueröffnung informiert: Irgendwelche Schnallen sangen dazu immer wieder fröhlich »Musterhausküchenfachgeschäft« – und Conrad fragte sich, was das nun wohl wieder sein mochte.

Der Boss war eine teuer und schlecht gekleidete Dame, Conrad schätzte sie auf ungefähr fünfzig. Sie saß an einem ehrwürdig und für sie zu wuchtig wirkenden Kontortisch, hinter sich ein großes Fenster mit Blick auf die Frachter und Kräne am Konstinkai und auf das jenseits der Trave, das maritime Thema modulierend, in sanften Wellen dahinfließende Land. Auf dem Tisch standen ein Samowar und ein einfaches Teetablett sowie eine Damenhandtasche. Bis auf einen dunkel gebundenen Kalender gab es keinerlei Papierkram. Sie war, das bemerkte Conrad jetzt, nicht nur schlecht gekleidet, sondern auch nachlässig frisiert und grell geschminkt, das alles konnte kein Versehen sein.

Auf einem für seine ungeheure Körpermasse viel zu kleinen Ledersessel neben einer geschlossenen Flügeltür saß der Vogelmann. Er bedachte Conrad mit einem neutralen Blick und beschäftigte sich ansonsten damit, aus dem Fenster zu sehen.

»Guten Tag, Herr Conrad.« Die Stimme der Frau war ruhig, bestimmt und ein bisschen alt. Außerdem klang sie eindeutig russisch. »Ich freue mich, dass Sie meine ... Einladung angenommen haben und hoffe, dass die Herren höflich zu Ihnen gewesen sind.« Sie ließ einen Blick über die drei Ganoven schweifen, die hinter ihm Aufstellung genommen hatten. Eigentlich schien sie gar nicht hässlich zu sein, aber Conrad hatte Mühe, sie im Gegenlicht und bei all der schrillen Tarnung richtig zu sehen.

»Es hätte schlimmer sein können«, antwortete er, ohne ihren Gruß zu erwidern, »obgleich sicherlich einiges von dem kleinen Radau vermeidbar gewesen wäre, wenn Sie Ihre Einladung mit der Post geschickt hätten.« Je länger und genauer er sie betrachtete, desto schöner wurde sie und das war wohl auch Sinn ihrer Maskerade. Conrad war beeindruckt.

»Ein kleiner Radau?« Sie richtete ihren Blick wieder auf die drei Typen hinter Conrad. »Wir sprechen uns nachher«, sagte sie leise zu ihnen und winkte sie mit einer knappen Handbewegung aus dem Raum. »Tee?«

Conrad hatte Tee ja nie besonders gemocht, aber in letzter Zeit war es noch schlimmer geworden. Und nun noch das bittere Zeug aus einem Samowar. Und er hätte jetzt wirklich dringend einen Kaffee gebraucht. Am besten gleich noch einen Cognac dazu.

»Sehr gern.«

»Bitte setzen Sie sich.« Sie wies auf einen der beiden freien Sessel direkt am Fenster. Nachdem sie ihm eine Tasse gebracht und sich ihm gegenüber gesetzt hatte, sagte sie übergangslos: »Und nun, Herr Conrad, möchte ich von Ihnen hören, was Sie in dieser Stadt zu suchen haben.«

Die Dame hatte Klasse, zweifellos einen sehr originellen und extravaganten Stil und darüber hinaus etwas Strenges, sehr Erotisches. Sie gefiel Conrad immer besser, fünfzig oder nicht.

»Wer sind Sie?«

»Sie, Herr Conrad sind Kriminaloberkommissar, oder doch schon Hauptkommissar? Mordsachen, und zwar in Berlin. Sie sind in gewissen Kreisen dort wegen Ihrer überdurchschnittlichen Erfolgsquoten nicht ganz unbekannt – und auch nicht sehr beliebt, wie Sie sich vorstellen können. Einer meiner Partner hat Sie wiedererkannt. Sie müssen wissen, dass wir in unserer Branche sehr viele Verbindungen unterhalten, unter anderem eben auch nach Berlin. Und nun erklären Sie mir bitte, was Sie hier tun.«

»Um welche Branche handelt es sich denn? Lassen Sie Ihre ›Partner‹, wie Sie sie nennen, nur so zum Spaß Leute zusammenschlagen, wild in der Gegend rumballern und Kidnapping betreiben, oder verdienen Sie manchmal auch Geld?«

»Was haben Sie hier zu suchen?«

»Wer sind Sie?«

»Ich fürchte, so kommen wir nicht weiter, Herr Conrad.« Sie nickte dem Vogel zu. Der erhob sich und öffnete die Flügeltür. Dahinter befand sich ein viel größerer Raum, ein ehemaliges Kontor vermutlich oder einfach ein Lager, nun aber völlig leer, sehr sauber und offensichtlich ungenutzt. Der Riese schubste Conrad hinein. Der Raum hatte nur noch eine andere Tür, sie musste wohl in den Korridor führen und war geschlossen. Der Vogel sirrte mit seiner hohen Stimme etwas, das wie eine geheuchelte Mitleidsbekundung klang, und versetzte Conrad, der doch auf alles gefasst war, einen derart ansatzlosen Hieb ins Gesicht, dass er mehrere Meter rückwärts stolperte und sich dann lang hinlegte.

Ja, das tat weh. Das war anders als beim letzten Mal. Conrad wusste, dass er von diesen Klatschen nicht viele vertragen würde, und dabei hatte er das unangenehme Gefühl, dass der Vogel noch nicht einmal mit ganzer Wucht hingelangt hatte. Dieser öffnete bereits wieder die Flügeltür und gab mit einer Geste zu verstehen, dass Conrad zur zweiten Gesprächsrunde erwartet wurde.

Sie sah auf ihre Hände. »Was schnüffeln Sie hier rum, Conrad?«

»Wer sinsie?«

Sie nickte dem Vogel zu, ohne auch nur richtig aufzusehen. Diesmal hielt Conrad mehr Abstand. Als der Angriff kam, täuschte er links an, tauchte aber in Wahrheit nur unter der Kralle des Riesenvogels weg und nutzte dessen kurze Desorientierung zu einem hinterhältigen Ellenbogenstoß in seine Nierengegend. Diese Stelle hatte er ja schon reichlich bearbeitet und vor allem hatte der Schlachter hier ebenfalls einmal hingefasst, wie Conrad wusste. Der Vogel stöhnte leise, fast ein wenig traurig und zog sich erst mal einen Meter zurück. Er schien bereits zu ahnen, was kommen würde, aber noch hatte er wohl einen Rest Hoffnung, der Treffer sei vielleicht nur ein Zufall gewesen. Diesen Rest nahm Conrad ihm sogleich mit einem blitzartig ausgeführten Tritt aufs rechte Knie. Augenblicklich knickte er ein, wofür Conrad sich trickreich mit einem exakt gezielten Haken auf die Nase bedankte. Sie war noch nicht wieder besonders fest, oder sie brach gleich noch mal, jedenfalls hatte der Vogel bereits genug. Er brauchte ein paar Sekunden, um das ganze Ausmaß des Schmerzes zu erfassen.

Als sein Geheul losging, war Conrad schon durch die Tür zum Korridor. Weiter Richtung Treppe, da ging direkt neben ihm eine Tür auf, klar: die drei Komparsen. Er warf dem Vordersten mit aller Gewalt die Tür in die Visage und rannte hinunter in einen neuen Gang. Komisch, massenweise Marzipan, überall waren Marzipankartonagen aufgeschichtet, das Signet des weltbekannten Herstellers war selbst im Vorbeirennen wiederzuerkennen. Hinter sich hörte er die schnellen Schritte der zwei übrigen Typen auf den Stufen. Da, das musste eine Ausgangstür sein, tatsächlich, er war draußen. Hier draußen würden sie nicht auf ihn schießen, wenn sie nicht völlig bekloppt waren. Da fiel ihm wieder ein, dass sie genau das bereits getan hatten, also rannte er weiter, immer am Hafen entlang in Richtung Burgtor. Als er über die Hubbrücke, die zum Glück gerade nicht angehoben wurde, um ein Schiff passieren zu lassen, und dann an der Untertrave enlang lief, sah er die Verfolger nicht mehr, sie schienen aufgegeben zu haben.

In der Hand hielt er, das merkte er erst jetzt, eine leere, aber handliche Packung »Original Niederegger Mohnbrot«, eine Geschmacksrichtung, die er noch gar nicht kannte.

16. Kapitel

Es war nun eindeutig an der Zeit, sich mit Leister zu unterhalten, dachte Conrad, als er wieder genug Luft bekam. Leister kannte die Bruns und Leister kannte den Riesen mit der Axt, so viel war sicher. Also konnte er vielleicht auch etwas zu dem merkwürdigen Zusammentreffen am Weiten Lohberg, in der ehemaligen Wohnung der Toten, sagen. Aber als er zur Großen Gröpelgrube hochgelaufen war, klingelte er vergeblich. Er konnte sich nicht recht entschließen, nach Hause zu gehen. So trieb er sich lange im nördlichen Teil der Altstadt herum und trank gelegentlich ein Bier in einer der Türkenklitschen in den zum Holstenhafen hinunterführenden Gruben und ihren Querstraßen. Zwischendurch versuchte er es immer mal wieder bei Leister.

Erst am frühen Abend hatte er Glück. Der Türöffner summte. Er stieg die Treppe hoch. Leister erkannte ihn sofort, zuckte erst, als wolle er die Tür zuwerfen, besann sich dann aber.

»Sie sind ein Bulle. Was wollen Sie?«

»'n Kaffee. Oder auch nich, egal. Mit dir reden.«

»Wie wär's, wenn Sie sich erst mal vernünftig ausweisen und sich überhaupt anständig benehmen?« Leister war kein Hänfling, das war Conrad schon beim Gottesdienst aufgefallen. Er war größer als Conrad. Und er bemühte sich um eine gewisse Haltung. Trotzdem hatte Conrad nicht den Eindruck, dass er ein harter Bursche war. Er entschied sich für die Überraschungstour und schubste Leister ansatzlos in die Wohnung. Dann ließ er die Tür hinter sich zukrachen.

»Nein. Kein Bulle. Ich will wissen, was du mit Ulrike Bruns zu tun hattest. Und was du über die letzte Zeit vor ihrem Tod weißt. Ob du sie gesehen hast. Was sie gesagt hat. Und was sie mit dem fetten Schwein aus deinem Höllenverein verbindet. Alles will ich wissen.«

Leister schluckte. Aber er sagte nichts. Nach einer ziemlich langen Pause, während der die beiden Männer sich in dem ziemlich finsteren Wohnungsflur angestarrt hatten, zuckte er die Schultern.

»Mir egal, wer Sie eigentlich sind. Aber wenn Sie irgendwas von mir wollen, müssen Sie schon ein bisschen mehr bringen.«

Das leuchtete Conrad ein. Er erzählte von einem langen Abend auf einer kleinen Hallig. Von einem einsamen Mann mit einem kleinen Museum, der darauf wartete, sein Ein und Alles begraben zu dürfen. Der keine Ahnung hatte, in was für Kreise sein Ein und Alles geraten war. Für den der Tod seiner Tochter völlig unerklärlich war und der verdammt noch mal ein Recht darauf hatte, ihn eines Tages zu verstehen.

Leister überlegte. Dann lud er Conrad mit einer knappen Bewegung des Kopfes ein ihm zu folgen und setzte sich an den Küchentisch. Conrad blieb an den Türrahmen gelehnt stehen. Nichts hier erinnerte an irgendwelchen rituellen Firlefanz. Im Aschenbecher lagen Reste von etwas, das klar nach einem Joint aussah, sonst war alles stinknormal, wenn auch ziemlich schäbig und dunkel. Leister drehte sich eine Zigarette.

»Ich nehme an, Sie überschätzen das Satanisten-Getue, in das Sie reingeplatzt sind. Und Ulli hatte damit noch nicht mal besonders viel zu tun.«

»Immerhin steht ein Buch von Aleister Crowley in einem Regal auf Süderoog.«

»Süderoog? Was ist das denn?«

»So heißt die Hallig.«

»Ach! Wo ihr Vater wohnt? Das dürfte meins sein. Hab ihr mal eins geliehen.«

»Heißt du wirklich Leister oder hast du dir diesen Namen nur zugelegt?«

»Was? Ach so, nein, ich heiße ganz regulär Raoul Andreas Leister. Und Sie? Wie heißen Sie?«

»Warst du mit Ulrike Bruns besser befreundet? Oder liiert?«

»Befreundet kann man sagen, ja. Liiert nicht. Übrigens bleiben wir doch bitte beim Sie. So, und jetzt erzähle ich Ihnen noch, was unser böser, böser Kreis so alles macht, damit Sie wissen, dass das die falsche Spur ist. Und dann können Sie abhauen. Wir sind fast alle irgendwie verkrachte, abgekommene Christen. Holger, das ist der, den Sie sicher für unser geistliches Oberhaupt halten, weil er die Zeremonie geleitet hat, der ist sogar Theologe. Nur, dass keiner mehr an irgendwas glaubt. Verstehen Sie, es geht bei uns nicht um echte Satans-Verehrung, also gefallene Engel, Luzifer und diesen Scheiß. Allerdings kann man sich bei so einer Messe ordentlich was einbilden. Schließlich sind da alle völlig weggedröhnt, vollgekifft bis zum Anschlag. Deshalb war Ihr Auftritt neulich im Keller ja so wirkungsvoll. Sie sind einfach zum optimalen Zeitpunkt hereingeplatzt – da geht einem dann schon mal kurz die Pumpe. Ich habe jedenfalls einen Mordsschreck bekommen. Vor allem aber geht es bei diesem ganzen Quatsch um Sex – das dürften Sie ja wohl bemerkt haben. Gut bedrogten, bösen, schmutzigen Sex. Je perverser, desto besser.«

»Ja, okay, bisschen Sex – seh ich ein«, sagte Conrad betont lässig. Dabei kämpfte er gegen ein deutliches Gefühl in seinen Eingeweiden an: nämlich puren Neid. »Aber geht das nicht ohne diesen Kokolores? Und wie schützt ihr euch gegen Krankheiten – Aids zum Beispiel. Ich mein, wenn das da alles so richtig durcheinandergeht ...«

Leister zuckte die Schultern. »Klar geht das auch ohne Kokolores. Finde ich nur nicht so geil. Das wäre wie im normalen Swinger-Club. Und wie machen das die ganzen Normalos in den Clubs? Noch nie in so einem Ding gewesen? Die schützen sich, oder sie tun's nicht. Man muss sich schon selbst entscheiden, ob man in den entscheidenden Momenten Kondome nimmt. Oder mitmacht, wenn man nicht weiß, wie die anderen es halten ...«

»Soso. Na, das sieht mir ja nach 'ner reichlich fahrlässigen Veranstaltung aus. Aber das kann mir ja egal sein ...« Immer noch nagte es in ihm. Die Welt war eine große Party. Und er, nur er, war nicht eingeladen. »Viel interessanter finde ich die Frage, wie die junge Bruns da reinpasst. Ich dachte, das war eher eine zurückhaltende und äußerst ernsthafte Frau. Kaum so 'ne wilde Braut, die viel mit euren Zusammenkünften anfangen kann.«

Leister grinste. »Tja, so kann man sich täuschen, was? Sie war die härteste von allen! Nein, war nur Spaß. Sie haben Recht, Ulli machte nicht richtig mit. Wenn ich mal was Persönliches über sie verraten soll: Sie hat kein besonderes Geheimnis draus gemacht, dass sie gern mal mitgemacht hätte. In der Phantasie hat sie garantiert ordentlich mitgemacht. Aber irgendwie konnte sie nicht, sie war in diesen Dingen ebenso gehemmt wie interessiert. Obwohl – manchmal sprang sie ein Stückchen über ihren Schatten. Wir dachten uns so bestimmte Riten aus, alles extra für sie inszeniert, da gab sie dann die heilige Jungfrau. Splitternackt – wunderschön übrigens – aber anfassen durfte sie keiner. Einmal sogar im Dom. Nachts. Sie an der Orgel. Das war eine großartige Aktion. Keine Ahnung übrigens, vielleicht war sie wirklich noch Jungfrau, kann ich mir glatt vorstellen. Jedenfalls: Aus unserer Sextruppe wollte niemand Ulli was Böses, das ist mal sicher. Und: Die Truppe ist völlig harmlos. So, und jetzt können Sie verschwinden.«

»Nix is. Aber du hast Recht, komm' wir mal in die Pötte. Da wäre vor allem mal eins interessant, und zwar der Riese. Der mit der Axt – wer ist der Typ?«

Leister schwieg zunächst, murmelte einige Verwünschungen vor sich hin, die Conrad nicht recht verstehen konnte, entschied sich dann aber anders.

»Das ist Knut. Eigentlich Mario. Mario Pätsch. Wird aber nur Knut genannt. Kommt von hier, wohnt jetzt in Neumünster.«

»Und? Findest du den auch harmlos? Auf mich hat der einen anderen Eindruck gemacht. Was treibt der so? Also abgesehen von euren Kellerparties – weißt du da irgendwas?«

»Na ja, dem darf man wirklich nicht doof kommen, das ist richtig. Aber der hat Ulli nun ganz sicher nichts getan, weil ... egal, geht Sie nichts an. Arbeitet bei einem Abdecker, also da in Neumünster. Knut hat Fleischer gelernt, hier in der Stadt bei einem Betrieb in der Fleischhauerstraße, ehrlich, aber dann hat er's geschmissen. Die Abdeckerei in Neumünster hat ihn aber auch so eingestellt. Außerdem ist er da noch in einem anderen Zirkel, angeblich ein bisschen konsequenter.«

Conrad hob eine Augenbraue. »Bisschen konsequenter ...«

»Ja«, erklärte der junge Mann, »angeblich machen die da richtige Messen. Nicht so wie bei uns, wo's ja mehr nur so Spaß ist. Bei denen geht's wohl richtig zur Sache – behauptet Knut jedenfalls immer. Er sagt, wir seien alle Weicheier.«

»Hm. Und was machen die dann genau, wenn es richtig zur Sache geht?«

»Na ja ...« Leister zögerte.

»Nun komm schon! Du willst mir doch nicht erzählen, dass die da jede Woche massenhaft kleine Jungs abschlachten oder so was! Das wüsste man doch!«

»Schön. Und? Was geht Sie das dann noch an? Sie wollten doch wissen, ob unsere kleine Gruppe was mit Ullis Tod zu tun hat. Deshalb sind Sie doch in unsere Messe geplatzt. Gut. Hat sie nicht. So. Aus. Sie sagen nicht, wer Sie sind und warum Sie sich in alles einmischen. Dass Sie dem armen Vater von Ulli helfen wollen – na ja, vielleicht stimmt's, vielleicht auch nicht. Eine arme Sau ist das ja schon, könnte jedenfalls sicher jemand brauchen, der ihm helfen will. Viel wahrscheinlicher sind Sie aber doch nur 'n Bulle, oder Sie müssen irgendwie pervers sein oder so. Geil auf Todesfälle, Morde, was weiß ich. Wobei diese Sache laut Zeitung ja vielleicht nur ein Unfall war.«

Conrad verdrehte die Augen. Leister hatte doch schon so schön geredet. Er schnappte sich den blondierten Mann am Kragen und schrie ihn an. »Jungchen, jetzt langt's aber, verdammt noch mal! Ja, es war vielleicht ein Unfall. Aber nur sehr vielleicht. Und ein äußerst komischer dazu.« Ruhiger fügte er hinzu: »Jedenfalls einer, wo andere Leute ihre Finger mit im Spiel hatten, ob der Tod von Ulrike Bruns nun vorgesehen war oder nicht. Vielleicht war's aber auch ein glatter Mord. Und ich sag dir was: Ich verwette sogar meinen Arsch drauf, dass es einer war. Und das ist kein Spaß, Kumpel, das ist wirklich kein Spaß. Wenn ich dich zur Bullerei schleppe, werden dich die Brüder so derartig auseinandernehmen, dass du am liebsten auch in den Mühlenteich gehen würdest. Also ich kann dir nur raten: rede. Warst du auch bei diesen Spinnern in Neumünster oder nicht?«

Leisters blasses Gesicht wurde noch eine Spur weißlicher. Er würgte ein bisschen, deshalb lockerte Conrad seinen Griff. »Sie sind ein Arschloch,« prustete Leister, aber eigentlich klang das gar nicht böse. Eher erleichtert. »Ja, es ist wahr, Ulli und ich waren da. Es ist so zwei, drei Monate her, ich wollte schon länger mal sehen, was denn nun so dolle an der Geschichte in Neumünster ist. Also, da ist das dann passiert. Das Ganze war eine sehr auf Grusel gemachte Veranstaltung. Ich war ehrlich gesagt ziemlich beeindruckt, aber Ulli fand das Gehüpfe und Getue der Blackminster-Truppe furchtbar albern – und das war es ja eigentlich auch. Reines Theater – aber verdammt gut gemacht, fand ich.«

»Blackminster-Truppe?«

»So nennen die sich in Neumünster, ja. New Church of Blackminster.«

»Im Ernst?« Conrad verdrehte die Augen schon wieder. Dieser schwarze Kinderkram und vor allem die doofen symbolischen Anspielungen und Wortspielchen begannen ihm allmählich auf den Zeiger zu gehen. Würde das denn nie aufhören?

»Na«, fuhr Leister fort, »jedenfalls musste Ulli schließlich einfach loslachen und das hat den Boss dort so geärgert, dass er sie mit großem Tamtam rituell verflucht hat. Ulli musste immer mehr lachen. Wir sind dann sehr schnell gegangen. Als ich das gehört hab, also wie sie gestorben ist, da dachte ich natürlich gleich an diesen Fluch, und dass da vielleicht irgendwie nachgeholfen worden ist. Ich hab Knut gefragt, was seiner Meinung nach die Folge so eines Fluches ist. Oder vielmehr: sein soll. Nun ist Knut ja keine Leuchte, aber wenn ich ihn richtig verstanden habe, glaubt er auch nicht an irgendwelche Geister oder Mächte, die dann zur Vollstreckung schreiten. Er meint, die Leute, die Angst haben, die richten sich dann irgendwie selbst. Da hat er vielleicht Recht. Aber Ulli hatte nun wirklich absolut keine Angst vor diesem Scheiß.«

»Warst du in sie verliebt?«

»Was soll das jetzt?«

»Du warst in sie verliebt, klar.«

»Nein. Am Anfang vielleicht ein bisschen, aber das ist lange her. Aber selbst wenn – was dann? War übrigens so mancher.«

»Woher willst du das wissen?«

»Von ihr. Merkte aber auch so jeder.«

»Aha. Und wer zum Beispiel?«

»Na, zum Beispiel die halbe Truppe von der Konkurrenz. Den Gotteskriegern. Angefangen bei ihrem Oberguru.«

»Der Propst, oder wie das heißt? Der?«

»Nicht nur der – wie gesagt, die halbe Belegschaft war hinter ihr her. Hat sie richtig fertig gemacht.«

»Wie stand's mit Matthies?«

»Dem Orgel-Fritzen? Keine Ahnung. Mit dem war sie eher ganz gut bekannt, glaube ich. Jedenfalls war sie über den nicht unglücklich, wie über die anderen.«

»Wie gut kennst du ihn?«

»Nur vom Sehen. Wieso?«

»Ich kann mich des Eindrucks nicht erwehren, dass Matthies dich nicht ausstehen kann.«

»Ach!« Leister schien ehrlich überrascht. »Is ja komisch ...«

»Sonst fällt dir dazu nichts ein? Vielleicht war er eifersüchtig, weil du doch mehr mit der Bruns hattest?«

»Nein, Mann! Hatte ich nicht. Aber vielleicht dachte er das ja. Und übrigens: Wenn du noch mehr wissen willst, musste mir auch noch ein bisschen mehr erzählen.«

»Hehe, immer schön beim Sie bleiben.«

»Du kannst mich mal.« Leister hatte sich augenscheinlich erholt. Er drehte schon wieder eine Zigarette, aber keineswegs fahrig, sondern mit ganz ruhigen Bewegungen. »Auch eine?« Conrad hatte schon Lust, manchmal ging es ihm immer noch so. Das würde nie ganz aufhören und er fürchtete, dass Ausnahmen unweigerlich zurück ins Raucherdasein führen würden. Er nahm das Päckchen und drehte sich eine. Leister gab ihm Feuer.

Conrad machte ein paar Andeutungen über den Riesenvogel und die Gorans. Bei Leister klingelte angeblich nichts, auch von Knut habe er nichts von irgendeinem Zusammenprall gehört. Ob er die Wohnung denn kenne, fragte Conrad. Immerhin habe Knut dort irgendetwas gesucht, und welch Zufall, just in dem Augenblick kommt auch noch der Vogelmann dazu. Ein Typ, dem er sein zur Zeit etwas deformiertes Gesicht verdanke, ob ihm, Leister, dasselbe nicht schon aufgefallen sei. Doch, natürlich, antwortete der trocken, aber so mancher, der zu viel frage, sehe eben gelegentlich so aus. Die Wohnung kenne er selbstverständlich, allerdings habe er keine Ahnung, was Knut dort gesucht haben könnte.

»Da fällt mir was ein. Ich weiß wirklich nicht, wie Ulli auf das Eis geraten ist, wer oder was sie getrieben hat, kannste mir glauben.« Er machte eine kleine Pause. Leiser fügte er hinzu: »Aber als ich gehört hab, dass in der Zeitung stand, sie hätte vielleicht so 'ne Binde getragen und deshalb möglicherweise einfach nichts sehen können ... da dachte ich, das könnte natürlich manches erklären ...«

»Inwiefern?«

»Na ja, das geht jetzt noch mal zurück zu der Sache mit dem Fluch in Neumünster. Sie kennen ja sicher die Moorleichen aus dem Mittelalter?«

»Hm.« Conrad nickte nachdenklich und zugleich widerwillig. Der Gedanke schmeckte ihm nicht. »Das ist doch krank! Du meinst so 'ne Art Gottesurteil.«

17. Kapitel

Vor seiner Haustür warteten zwei in Uniform auf ihn, Dienstrang Polizeimeister und Polizeiobermeister. Sie sahen schlecht gelaunt aus, kein Wunder, Nachtschicht am Sonntag bei Regen. Leider hatten sie ihn schon gesehen, Wegrennen schied jetzt aus. Conrad überlegte, ob er einfach so tun solle, als wäre er jemand anders. Zeuge Jehovas oder Vorwerk-Vertreter. Dafür sprach, dass er keine Lust auf Alarm hatte. Dagegen sprach, dass sie ihn nur nach seinem Ausweis zu fragen brauchten und schon hätte er Probleme. Zudem musste er früher oder später sowieso in seine Bude. Also stellte er sich vor und fragte die Herren freundlich, ob er etwas für sie tun könne.

»Ja«, brummte der eine.

»Mitkommen!«, schnauzte der andere.

Sie fuhren ihn in ihren ziemlich übel beleumundeten Hochbunker. Der lag am Berliner Platz, ein Umstand, der Conrad ein leichtes Lächeln entlockte – von wegen Berlin und die Bullen hatten ihn wieder. Komisch war nur, dass alle so riesig waren. Zu fast jedem Typen, der hier rumlief, musste er hochgucken. Natürlich, da sah er es mal wieder, das war die neue Generation. Er war wirklich nicht mehr der Jüngste. Die Nachrückenden hatten selbstbewusste, gesunde Teenie-Gesichter – in zwei Meter Höhe. Sie unterhielten sich über ihn hinweg. Zwischendurch sah mal so ein strotzender Milchbubi auf ihn herab, dann war er kurz Objekt ihrer Unterhaltung, aber irgendwie konnte er nicht am Gespräch teilnehmen. Es drehte sich darum, was sie eigentlich von ihm wollten und wer ihn vernehmen solle. Schließlich waren sie soweit und ohne weiteres Getue ging es direkt zur Abteilung Kripo.

Dort sah es aus wie in allen Dienststellen, es roch wie überall, es herrschte die Atmosphäre wie überall. Ein Ziviler in Lederweste, der sich nicht einmal vorstellte, stellte die Fragen.

»Gut gut, Sie sind also der Ex-Kollege Conrad. Wie Sie sich denken können, habe ich mich über Sie erkundigt. Und gewundert. Und ich möchte ein paar Dinge wissen. Scheiße, keine Zigaretten mehr. Wie kommt zum Beispiel diese Wumme hier«, er hielt Conrads Polizeipistole hoch, »also Ihre scharfe, geladene und wohlgemerkt abgefeuerte Dienstwumme in einen verdammten Briefkasten? Entsichert! Und wieso ist die halbe Hausfront daneben zersiebt? Und wieso haben Sie diese Waffe überhaupt noch? Spielen Sie hier Wilder Westen oder was?«

»Darf ich fragen, wer Sie sind?«

»Wie bitte?«

»Na ja, Sie lassen mich hierher bringen, Sie werfen mir alle möglichen Sachen an den Kopf, Sie stellen mir 'n Haufen Fragen. Vielleicht werde ich mich bemühen, ein paar davon zu beantworten, aber zu einem vernünftigen Ping-Pong gehören doch wohl zwei, oder?«

»Was glauben Sie, wo Sie hier sind, Mann? Innem verschissenen Fitness-Center?« Der Zivile fragte das ganz ruhig, fast ein bisschen nachsichtig.

Conrad wollte mal sehen, ob er ihn ein bisschen hochbringen konnte. Er warf einen kurzen Blick auf den Schreibtisch. Dann einen auf den Mann dahinter. »Sieht noch schlimmer aus. Fast wie innem verschissenen Bullen-Center. Nur dass der Ober-Bulle keinen Namen hat.«

»Wenn's der Wahrheitsfindung dient«, seufzte der Beamte und Conrad fragte sich, wo zum Teufel er das schon mal gehört hatte. Außerdem musste er zugeben, dass der Mann auf die primitive Tour nicht zu kriegen war. »HK Wullenwever.

Waffendelikte. Wenn's sein muss, auch die mit Todesfolge. Und solche, wo man zwar nicht richtig weiß, ob Waffen im Spiel waren, dafür aber, dass jemand dran gestorben ist. Sogar solche, wo man nicht mal weiß, ob überhaupt wer dran gestorben ist, es aber vermuten muss. Die ganze Palette also. Noch was?«

Scheiße, dachte Conrad, sieht eher jünger aus als ich und is schon Hauptkommissar. Wieso ihn das ärgerte, wusste er selbst nicht, schließlich war er doch schon ewig raus aus dem Laden.

»Also ich fang mal hinten an. Ich spiele nicht Wilder Westen. Andere schon. Die Wumme habe ich nicht abgegeben, weil ich keine Lust hatte. Warum man sie nicht geholt hat, müssen Sie meinen Ex-Boss fragen. Ich schätze, er hat's planmäßig vergessen. Die Löcher in der Hauswand. Das waren die Jungs, die Wilder Westen spielen. Kommen übrigens aus dem Osten, alles Jugos oder Serben oder so. In den Briefkasten hab ich die Knarre geworfen, damit ihr nach mir sucht. Die Jugos wollten mich nämlich offenbar mitnehmen. Haben sie dann auch gemacht. Ich konnte aber ziemlich schnell abhauen. Tja, und ihr habt mich Tage später doch tatsächlich gefunden ...« Conrad lächelte süßlich, Wullenwever säuerlich, aber nicht sehr.

»Und weiter?«

»Was weiter?«

»Ja wie ... Soll das alles sein, was Sie mir zu sagen haben?«

»Mehr Fragen haben Sie nicht gestellt.«

»Mann, regen Sie mich bloß nicht auf!«, sagte Wullenwever, aber er klang dabei völlig unaufgeregt. »Glauben Sie vielleicht, mir macht das Spaß, mich mit Ihnen zu unterhalten? Wieso gibt's in diesem Laden bloß niemanden, der mir 'ne Zigarette geben kann! Also los, was waren das für Typen und was wollten die von Ihnen? Und wohin haben die Sie gebracht?«

»In ein altes Kontor unten im Hafen. Wenn ich das richtig sehe, sind das bloß Schummler, die ein bisschen mit falschem Marzipan rummachen. Aber einer von denen muss mich aus Berlin kennen. Die haben gedacht, ich sei hinter ihrer Geschichte her. Anzunehmen, dass sie in Berlin auch was am Laufen haben. Und weil die gleich so aggressiv waren, denke ich, dass da noch was anderes im Spiel sein muss. Vielleicht sogar 'ne Leiche.«

»Wieso nun gleich so was?«

»Weil ich mich in Berlin eigentlich nur mit so was rumgeschlagen habe. Warum sollten die mich also kennen?«

»Hm.«

»Eben. Und bei euch gibt es doch 'ne frische Leiche ...«

»Hm. Zufällig auch mein Fall«, brummte Wullenwever gespielt beiläufig. Dies schien Conrad ein guter Angriffspunkt zu sein. Eitelkeit. Kannte er gut.

»... oder wenigstens so 'ne halbwegs frische. So was kommt hier bestimmt nicht besonders häufig vor, schätze ich«, fuhr er fort. Er brauchte sich nicht sonderlich anzustrengen, um eine gewisse Portion Überheblichkeit in diese Sätze zu legen. Wullenwever wurde ein bisschen rot, hatte sich aber in der Gewalt.

»Na ja, geht so. Ha, Breuer, gut, dass Sie kommen! Sie geben mir jetzt eine Zigarette! – Jaa! – Wissen Sie, Sie sollten vielleicht besser nicht so angeben mit Ihren vielen Berliner Leichen. Wenn man sich mal anguckt, was schließlich aus Ihnen geworden ist ...« Zufrieden mit seiner Antwort blies er Conrad ein kleines bisschen Rauch ins Gesicht.

»Übrigens sah die junge Bruns gar nicht so richtig nach Ertrinken aus, fanden Sie nicht auch?« Conrad betrachtete seine Fingernägel und wartete, bis sein Return die volle Wirkung entfalten konnte.

» – «

»Okay, leicht aufgedunsen und das alles. Trotzdem – da hab ich schon andere gesehen. Nein, das wirkte eher nach, hm, mehr nach was Organischem. Herz, Krämpfe, die Richtung.« Immer noch drehte Conrad seine Hand aufmerksam hin und her. »Oder?«

» – «

»Herr Wullenwever?«

»M...«, sagte der Kommissar schließlich. Er pumpte. Conrad wartete. »Mann Gottes! Waren Sie das? Sie waren dabei?« Er hatte jetzt genug Luft, aber seine Haltungsnoten waren doch ziemlich abgesackt. Conrad war sehr zufrieden. »Mann, seit Ewigkeiten suchen wir die Frau, die angerufen hat! Im Radio, in den Zeitungen, sogar mit so verdammten Lautsprecherwagen. Und jetzt wollen Sie mir so nebenbei erzählen, dass Sie ...«

»Also ich hab nich angerufen. Oder bin ich 'ne Frau?«

»Herrgott noch mal! Haben Sie die Bruns nun im Eis gesehen oder nicht?«

»Sag ich doch.« Conrad hatte seine Hände lange genug angesehen und unterzog nun die Zimmerdecke einer eingehenden Betrachtung.

»Na, das ist ja fein!«

Hauptkommissar Wullenwever sprang auf und lief ans Fenster. Als er da war, drehte er sich um und lief zurück zum Schreibtisch. Er drückte seine Zigarette aus, die erst halb aufgeraucht war. Dann suchte er nach einer neuen. Conrad fragte sich, ob er an seiner Stelle bereits handgreiflich geworden wäre. Außerdem dachte er, dass er vielleicht besser die Klappe gehalten hätte. Natürlich machte es Spaß, den Typen zu ärgern – nur würde das Ganze auf diese Weise zu einer längeren Geschichte werden. Er konnte kaum damit rechnen, vor dem nächsten Morgen hier raus zu kommen – wenn Wullenwever ihn nicht gleich für den ganzen Tag festsetzte.

»Jetzt gucken Sie sich mal das hier an, Sie Oberkasper.« Wullenwever hielt eine dicke Klarsichttüte in der Hand, auf der die üblichen Aufkleber zur Kennzeichnung von Beweismaterial prangten. »Kommt gerade zurück aus dem Labor.« In der Tüte befand sich ein schwarzes Stück Tuch.

»Die ominöse Augenbinde?«, fragte Conrad interessiert.

»Genau. Übrigens wirklich ominös ... die Tote scheint damit gar nicht in Berührung gekommen zu sein, jedenfalls haben wir das nicht feststellen können. Aber gucken Sie mal – wissen Sie was das ist?« Wullenwever drehte die Tüte um und zeigte auf eine dezente, weiße Aufschrift auf dem Tuch. Sie bestand nur aus Ziffern.

Conrad stöhnte. Es war die Zahl 666.

»Haben Sie sonst noch was gefunden? Da im Wasser?«

»Was heißt hier finden.« Wullenwever sah Conrad fast mitleidig an. »Der ganze verdammte Tümpel ist voll mit irgendwelchem Scheiß. Da gondeln jeden Sommer Tausende von Touristen drauf rum. Was meinen sie, wie's da unten aussieht! Die reinste Müllhalde. Und im Winter isses manchmal noch schlimmer. Wenn das Eis freigegeben wird, sind da plötzlich überall so Glühweinstände. Und Pommes. Und Krepp, oder wie das heißt. Handyverkäufer, Losbuden, all so'n Schwachsinn. Jedenfalls konnten wir bisher nur das rausfischen, was im Schlamm in unmittelbarer Nähe der Toten war. Und das ist schon ein Haufen Zeugs, sag ich Ihnen. Aber das Tuch war nicht auf dem Grund. Das war im Eis.« Wullenwever tickerte mit dem Zeigefinger auf dem

Schreibtisch herum. Er dachte nach. Dann schien er zu einem Entschluss gekommen zu sein. »Breuer, Sie gehen mir jetzt Zigaretten holen. Jawohl. Prince, wenn's geht. Sonst Camel, West, Marlboro, egal, was sie kriegen, bloß keine Luckies. Sind 'n guter Mann, Breuer!«

Wullenwever fixierte Conrad. »So. Und Sie. Sie werden mir jetzt Ihre Story erzählen. Und zwar ganz. Und zwar ganz freiwillig und ohne, dass ich groß Fragen stellen muss. Ich hoffe, wir verstehen uns!«

»Okay«, sagte Conrad. Es war in der Tat an der Zeit, die Spielchen sein zu lassen. »Wenn Sie Breuer 'n Sixpack holen lassen.«

»Sobald er wieder da ist. Er wird zwei Sixpacks holen.« Wullenwever grinste. »Oder besser gleich 'ne Kiste.«

Vielleicht würden sie doch ganz gut miteinander auskommen, dachte Conrad, und: Du säufst mich nicht unter den Tisch, Wulliboy, du nicht!

Aber das sagte er nicht. Er sagte: »Sie haben Recht, Herr Wullenwever. Breuer is 'n guter Mann.«

18. Kapitel

Montag, achter März. Neumünster war noch nie eine sonderlich liebreizende Stadt gewesen, die örtliche Tourismusförderung hatte schon früher mit so entwaffnenden Slogans wie »Neumünster – mitten in herrlicher Umgebung« oder »Neumünster – drumherum ist's schön« geworben. Ein in den Sechzigern erschlossenes Neumünsteraner Gewerbegebiet im Winterregen bei ungefähr drei Grad und böigem Wind gehörte denn durchaus zu den fieseren Gegenden für einen Spaziergang am späten Nachmittag.

Falls es noch einen Rest an grauem Tageslicht gab, verdeckten ihn die bläulich-grellen Neonleuchten der Gebrauchtwagengaragen und Speditionshallen. Am äußersten Ende dieses Gebiets, da, wo es in trübbraune Äcker und Brachland zerfranste, lag die Abdeckerei. Conrad brauchte nicht lange nach Knut zu suchen. Er brauchte nur den krachenden und kreischenden Geräuschen zu folgen. Der Schlachter war damit beschäftigt, ein enthäutetes Tier zu zerlegen, sonst war niemand zu sehen. Das Vieh war wahrscheinlich mal ein Pferd gewesen, es konnte sich aber auch um ein großes Rind oder irgendwas anderes handeln, Conrad war nicht sicher. Sicher schien ihm nur, dass Äxte Knuts Lieblingsgerätschaften darstellten. Er fragte sich, ob es eine gute Idee gewesen war hierher zu kommen – allein der Gestank konnte einen umbringen. Aber es war ohnehin schon zu spät. Der Schlachter hatte ihn bemerkt und starrte ihn an. Und die Art, wie er ihn anstarrte, verhieß gar nichts Gutes.

»Hallo Knut!«, rief Conrad etwas bemüht fröhlich. »Lass dein Tomahawk mal stecken. Du weißt doch: Ich bin die

Polizei!« Sicherheitshalber wanderte seine Rechte aber schon mal unter die Jacke.

Der Schlachter zuckte nur mit den Schultern und ließ ein merkwürdiges Schnalzen ertönen. Ganz ruhig sagte er: »Du kannst mich mal, du Hampelmann!«

Conrad überlegte noch, was diese doch wohl gespielte Beherrschung und das Schnalzen zu bedeuten hatten, da hörte er hinter sich leise aber deutlich rasches Getrappel. Er fuhr herum und sah einen kapitalen Pitbull auf sich zurasen, zweifellos im Begriff, ihm ins Genick oder an die Gurgel zu springen.

»Ist das dein Hundchen, ja?«, fragte er den Schlachter, zog die Wumme und knallte die Töle über den Haufen.

Nun kam aber doch Leben in den Hünen.

»Du miese Ratte!«, schrie er, »aus dir mach ich Sülze!« Er kam mit schweren Schritten heran.

»Pfui. Is ja ekelhaft.« Conrad richtete die Knarre direkt auf den Unterleib des Kerls. »Bisschen Ketchup aufs Würstchen?«

Der Schlachter blieb sofort stehen.

»War nur 'n Witz«, sagte Conrad, er ließ sich Zeit und steckte das Ding gemütlich wieder weg. Die letzten Zuckungen des Pitbulls beobachtend, fügte er hinzu: »Aber Viecher, die aussehen wie ihre Herrchen, das ist doch echt abartig, Mann.«

Ein Fehler, natürlich. Der Schlachter ließ Axt und Säge fallen, dafür kam er mit einem überraschend schnellen Satz auf Conrad zu. Verdammt, dachte Conrad noch, im Duell mit dem Vogel war der doch gar nicht so schnell gewesen, da hatte ihn der Schlachter schon geschnappt. Reflexhaft versuchte er wieder an die Waffe zu kommen, da wusste er schon, dass er nicht davonkommen würde. Fehler ist Fehler, und dafür wird bezahlt. Als er die Pistole packte, wurde seine Hand ihrerseits gepackt. Mehr tat der Riese nicht. Er drückte einfach zu. Und lächelte Conrad an. Und Conrad sah ihn an. Und ging in die Knie. Da sah er nichts mehr, das kam von den Tränen. Für eine menschliche Hand, die ein Stück besten Industrie-Stahls umfasst und dann von außen mit einer nicht weniger starken Stahlkralle zusammengequetscht wird, bestehen schlechte Aussichten, unbeschadet zu bleiben. Diese eher technische Sicht der Dinge beschäftigte Conrad jedoch nur kurz, denn in diesem Augenblick ließ der Druck nach. Die Kralle öffnete sich ein Stück, wanderte etwas mehr zum Gelenk hinauf und schüttelte die Pistole aus dem Ding, das mal Conrads Hand gewesen sein musste. Und ließ das Gelenk los. Gleichzeitig hob der Schlachter ihn mit der Linken langsam am Kragen hoch. Und als er mit der ungeheuren rechten Pranke weit ausholte, grinste er wie der Weiße Hai. Dabei ließ er sich viel Zeit, genau wie Conrad es vorhin getan hatte. Fehler ist Fehler, dachte der, in slow motion, noch nicht ganz da, jetzt bist du dran mit Bezahlen! Hoch in der Luft hängend, warf er sich dem Monstrum noch weiter entgegen, verpasste ihm dabei eine hübsche Kopfnuss auf die Nase, zog gleichzeitig die Knie ruckartig an und rammte sie dem Typen in die Rippen. Die waren noch nicht wieder ganz zusammengewachsen oder brachen gleich noch mal, jedenfalls gab es ein ziemlich hässliches Geräusch. Dann geschah nichts. Conrad dachte schon, der Schlachter sei in Wahrheit aus Stein. Jedenfalls reagierte der noch immer nicht. Stand starr da, unbewegt, Conrad immer schön in den grauen Himmel über Neumünster reckend. Aber dann brach er ganz langsam und sehr klassisch in die Knie.

»So isses brav, mein Bürschchen, mach schön Sitz«, prustete Conrad, als er wieder genug Luft hatte.

Mit der heilen Hand schnappte er sich die Pistole. Die Rechte tat immer noch höllisch weh, aber das war nichts gegen den Schmerz unter dem Druck der Kralle. Die Hand fühlte sich irgendwie fremd an, nicht wie seine Hand, sie reagierte auf Befehle nur verzögert oder gar nicht, aber sie ließ sich bewegen, was er als gutes Zeichen nahm.

Stöhnend sagte er: »Weisst du, ist doch gar nicht nötig, all der Aufstand hier. Ich will doch bloß wissen, was du in der Wohnung von der kleinen Bruns gesucht hast. Punkt eins. Und Punkt zwei: Wo ich die Church of Blackminster oder wie das heißt finde. Das brauchst du dem Onkel nur schön zu erzählen. Und dann geht der Onkel schon wieder nach Hause.«

Knut krümmte sich vor Schmerz, sagte aber nichts. Conrad untersuchte weiterhin seine Hand, mit der Linken die Waffe so ungefähr auf den Riesen richtend. Er war immer noch halb ohnmächtig vor Schreck. Und ihm war schlecht. Und er hasste das alles.

»Tut mir Leid um deinen Hund«, log er. »War 'n schönes Tier ...«

»Schnauze, du Sau! Mörder! Schwuchtel! Ich mach dich ...«

»Jaja, schon gut. Der Typ, mit dem du dich in der Wohnung dann gehauen hast – ich hab so ein Gefühl, dass der da genau dasselbe gesucht hat wie du. Und ich hab da noch so ein Gefühl. Denn schließlich muss sie ja irgendjemand ermordet haben, nicht wahr ...«

»Ich bestimmt nicht!«, brachte Knut mit zusammengebissenen Zähnen hervor. »Aber du vielleicht!«

»Oder dieser Typ. Tja, also dass du's nicht warst, glaub ich dir einfach mal. So als Arbeitshypothese. Und dass ich's nich war, weiss ich, ob du's nun glaubst oder nicht. Bleibt der Typ, nicht wahr? Außerdem gäbe es noch die Möglichkeit eines Ritualverbrechens. Und das beträfe dann deine Kumpels von dieser Schwarzen Kirche ...«

Der Schlachter sagte nichts. Aber er schien nachzudenken. Nach einer Weile begann Conrad, dem Riesen mit der Pistole sachte auf den Rippen herumzutickern. Wirklich vorsichtig, denn obwohl Knut und er gewiss keine Freunde werden würden, musste er doch irgendwie mit ihm reden. Knut schrie auf, Panik in den Augen. Scheiße, dachte Conrad, werd ich hier noch zum Folterarsch oder was. Und: Was, wenn der Kerl jetzt zuckt? Abdrücken doch wohl nicht, oder?

»Also was is jetzt?«, brüllte er, dabei unauffällig etwas zurückweichend.

»Okay. Ich sag dir was. Ulli hat jemanden angerufen. Ich weiß nicht, wen. Ich konnte nicht viel verstehen. Jedenfalls machte sie sich Sorgen wegen irgendwas. Etwas, das sie gefunden hatte. Und sie hat gesagt, dass sie es jetzt bei sich zu Hause hat. In einem Versteck. Und dass sie es loswerden will.«

»Wieso konntest du das Gespräch mit anhören?«

»Ist doch egal, Mann. Weil sie bei Leister war. Und ich auch.«

»Na gut. Also, sie hatte was gefunden. Und als sie tot war, hast du danach gesucht. Wieso?«

»Was wieso? Ist doch klar ... Weil ich wissen wollte, was es ist ... Weil ich dann vielleicht rausgekriegt hätte, wo sie's her hatte. Mit wem sie gesprochen hat ... Und so.« Wenn er flach atmete, schien das Sprechen dem Schlachter etwas leichter zu fallen. Andererseits ging ihm deshalb schnell die Puste aus. Er unterbrach sich dann jeweils für ein paar Atemzüge.

»Aha. Privatermittler, was?« Eigentlich war Conrad beeindruckt von der klaren Logik, mit der Knut hatte vorgehen wollen. In der Tat schien es viel versprechend, den Gesprächspartner dieses ominösen Telefonats zu ermitteln.

»Und du? Was geht's dich an? Wer bist du überhaupt?«

»Geht dich 'n Scheiß an. Aber weil du's bist: verdeckter Ermittler.« Es sah nicht direkt so aus, als ob Knut das schluckte. Immerhin hatte es den Anschein, als schwanke er zwischen blankem Hass und erwachendem Interesse hin und her. Conrad ging es nicht anders. War dies trotz aller üblen Umstände vielleicht sogar ein potenzieller Verbündeter?

Der Riese keuchte: »Und wieso interessierst du dich so für das alles, großer Ermittler?«

»Ich stell hier die Fragen. Wie gesagt, ich tu so, als ob ich dir jeden Scheiß glaube. Und dann mal sehen. Jetzt zu den Blackminster-Typen. Wo treffen die sich? Wer ist der Chef? Wo wohnt der?«

»Inner Scheune Richtung Kummerfeld raus ...«

»Ach was ...«

»Im Ernst. Der Chef tritt da immer groß auf, kann man nicht übersehen ... Heißt Bodo, weiter weiß ich nich.«

»Wo er wohnt!«

»Weiß ich nich.«

»Wann ist das nächste Treffen?«

»Übermorgen.«

»Um welche Zeit?«

»Mann, um Mitternacht, du Ermittler!«

»Schnauze. Danke.«

»Bitte. Arschloch.«

Conrad ließ sich den Weg zur Scheune noch etwas genauer beschreiben. Dann gab es nichts mehr zu sagen. Er drehte sich um und stolperte prompt über den Pitbull.

»Hoppla! Den kannste dann ja auch gleich abziehen.«

19. Kapitel

Mittwoch, zehnter März. Wegen der lädierten Hand hatten die Restaurierungsarbeiten am Vortag ruhen müssen. Conrad hatte den Sport auch gleich ausfallen lassen, den Tag über herumgegammelt und am Abend die Frau und die liebe Kinderschar besucht.

Die Kleinen bestanden darauf, das kommende Wochenende endlich mal wieder bei Papa zu verbringen. Jule war dagegen – zu gefährlich, sagte sie zu Conrad, er sei doch immer noch an diesem Fall dran. Jule wusste nichts Genaueres über die Freizeitbeschäftigung ihres Mannes, er hatte nichts mehr erwähnt. Aber dass er zusammengeschlagen worden war, nachdem sie eine Leiche gefunden hatten, wusste sie und es reichte ihr vollkommen. Und dass er so was nicht auf sich beruhen ließ, wusste sie ebenfalls. Es sei gar nicht gefährlich, sagte der nun, seit die Polizei vor seiner Haustür Wache stehe ... Zur Erklärung murmelte er was von einer Abmachung mit dem zuständigen Kommissar. Und so viel stimmte ja: Die Gorans hatten ihn seither in Ruhe gelassen. Aber von einer Abmachung oder Zusammenarbeit mit Wullenwever konnte nicht die Rede sein. Der Hauptkommissar hatte klargestellt, dass er keine weiteren Einmischungen wünsche. Dass er von Ermittlungen wegen Amtsanmaßung, unerlaubten Waffenbesitzes, Behinderung und und und absehen wolle, wenn Conrad auspacken und sich alsdann aus allem raushalten würde. Und Conrad hatte ausgepackt, nahezu die ganze Kiste Pils durch. Irgendwann war Wullenwever aufs Klo gegangen und hatte die gute alte SIG-Sauer so liegen lassen, dass Conrad sich aufgefordert fühlte, sie wieder einzustecken – ein bisschen Selbstschutz war ihm also erlaubt. Und den hatte er wegen Knut und dessen Killerhund dann ja auch gleich nötig gehabt, dachte er nun. Wullenwever hatte das Fehlen des Beweisstücks betont übersehen und ansonsten mitgehalten. Spät in der Nacht hatte er Conrad ein Taxi nach Hause spendiert. Breuer war gefahren.

Seitdem, also jetzt seit zwei Tagen, stand immer mal wieder ein Streifenwagen an der Obertrave. Wullenwever wollte wohl deutlich machen, dass er Conrad im Auge behielt und notfalls auch anders konnte. Conrad war's recht. Die Polizeipräsenz hielt ihm die Gorans vom Leib.

Jule ließ sich nur so halb und halb beruhigen. Andererseits sah sie ein, dass die Kinder das kleine Ganghaus ebenso als ihr Zuhause empfanden wie das komfortable Haus in Volksdorf.

»Gut, Hans«, sagte sie schließlich, »aber du bist mir ein bisschen zu lässig, wenn's darum geht die Kinder rauszuhalten aus dem, na, was du da meinst tun zu müssen. Also komm ich eben mit.«

Die Kinder hatten jubiliert, Conrad etwas blöd geguckt, so überrascht war er, aber er widersprach nicht. Manno, hatte er gedacht, muss ich wohl noch bisschen aufräumen bis dahin.

Um zehn Uhr an diesem Morgen war der Termin beim Propst. Conrad ging in der Erwartung hin, dass Priess gar nicht erst mit ihm sprechen würde, und genau so war es. Aber nicht wegen des Dienstausweises, den er nicht vorlegen konnte, sondern, weil der Propst laut der Sekretärin in einer äußerst dringlichen Angelegenheit verhindert sei und sich entschuldigen lasse. Sie habe natürlich versucht, den Termin abzusagen oder vielmehr zu verschieben, und zwar, in Ermangelung einer anderen Adresse, bei der Kripo, fügte die Sekretärin in beiläufigem Ton hinzu. Ein Oberkommissar Hansen, habe man ihr dort allerdings gesagt, sei in der Behörde nicht bekannt. Conrad hustete ein bisschen. Er knöpfte seine Jacke auf. Er sah kurz aus dem Fenster. Er knöpfte die Jacke zu und hustete noch mal ein bisschen. Ob sie ihm sagen könne, worüber Herr Priess sich mit Ulrike Bruns gestritten habe, fragte er dann.

»Warum sollte ich?«, fragte sie freundlich zurück.

»Das zu erklären, würde ein bisschen dauern.«

Sie schob demonstrativ Ordner, Kalender und Tastatur ein Stück von sich weg. »Bitte, ich habe etwas Zeit.«

Conrad dachte kurz nach und fing dann an, seine Geschichte zu erzählen, angefangen beim Auffinden der Leiche. Im Wesentlichen das, was er zuvor schon Wullenwever gesagt hatte, nur knapper, er erwähnte kaum Details. Was er ebenfalls nicht erwähnte, waren manche Namen und persönliche Dinge, seine eigenen vor allem, aber zum Beispiel auch, dass er den Hinweis auf den Streit zwischen Priess und der Organistin von Matthies hatte und dass dieser die Bruns nach eigenem Bekunden vom Fleck weg geheiratet hätte. Als er fertig war, saßen sie schon in einem eher doofen Schicki-Micki-Café gegenüber einer herzerfrischend gammeligen Kaufhausflanke. Von der Musterbahn aus sei dies zwar nicht direkt um die Ecke, aber im näher gelegenen Café an der Mühlenbrücke sei der Kaffee noch schlechter, hatte Dr. Harz versichert. Dass sie promoviert war, hatte Conrad einem der in ihrem Büro liegenden Briefumschläge entnommen, und nun fragte er danach.

»Kirchenrecht«, antwortete sie, »speziell zur Reformationszeit.«

»Ja, aber ich habe gedacht – also, nehmen Sie mir die Frage bitte nicht übel, aber ist das nicht ungewöhnlich, eine Sekretärin mit Doktor ...?«

Sie lächelte und antwortete: »So ungewöhnlich ist das mancherorts gar nicht, in meinem Fall allerdings nicht zutreffend. Ich bin wissenschaftliche Mitarbeiterin, oder, wenn Sie wollen, Archivarin der Propstei. Ich habe Teile der Büroarbeiten zur Zeit mit übernommen, da die Sekretariatsstelle für sechs Monate vakant bleiben muss und erst in zwei Monaten wieder besetzt werden kann. Einsparungen, sie verstehen.« Spöttisch fügte sie hinzu: »Gibt es in ihrer Behörde sicher ebenfalls.«

Verdammt, dachte Conrad, die ist wirklich haargenau so wie damals die Frau Doktor in Babelsberg, bloß ohne den niedlichen Dialekt. Jene hatte leicht gesächselt, ein Tonfall, von dem Conrad ohne jedes Zögern behauptet hätte, er sei völlig abstoßend. In dem speziellen Fall jedoch hatte er ihn ganz eindeutig angezogen.

»Oh ja«, sagte er dann, »in meiner Behörde gehen die Einsparungen zuweilen so weit, dass die Kollegen sich gar nicht mehr erinnern, wer da noch alles im unbezahlten Urlaub ist.« Darauf kehrte er zum alten Thema zurück: »Was ich nicht ganz verstehe, ist, dass der Herr Propst Dr. Pri... also, dass der Sie dann als seine Sekretärin bezeichnet – und auch so behandelt.«

»Das müssten Sie ihn selbst fragen. Mich könnten Sie eher fragen, warum ich mir das gefallen lasse, nicht wahr?«

Conrad nahm das als Einladung weiter zu bohren, er nickte und fragte: »Gut. Also, warum?«

»Nun, ich habe nicht wirklich ein schlechtes Gewissen, aber ich nehme solche Verhaltensweisen von ihm manchmal hin, weil ich mit an der Entscheidung beteiligt war, dass – dass Propst Priess nahe gelegt wurde, in den Vorruhestand zu gehen. Anfang Mai isser weg.«

Es war deutlich genug zu hören, dass sie dann drei Kreuze machen würde. Und dann tat sie etwas Unerwartetes, Conrad spürte sofort, wie sein Gesicht heiß wurde: Sie legte ihre Hand auf seine. Und ließ sie einfach dort liegen.

»Nichts von alldem darf ich Ihnen sagen. Ich vertraue Ihnen einfach. Wenn Sie wollen, können Sie mich noch heute um meinen Job bringen. Und jetzt sagen Sie mir: Haben Sie Priess im Verdacht, mit dem Tod von Frau Bruns in Verbindung zu stehen? Und können Sie ihm überhaupt was anhaben – ich meine, weil Sie doch gar kein Polizist sind. Und wer oder was sind Sie eigentlich?«

»Das sind eine Menge Fragen. Also: Priess in Verdacht? Dazu müsste ich noch mehr wissen. Zum Beispiel, ob er Frau Bruns wirklich nachgestellt hat, wie ich gehört habe.«

»Und auf was für eine Art! Jede Erpressung war ihm recht. Konnte er ja leicht machen als oberster Dienstherr. Übrigens nicht nur bei ihr«, warf Dr. Harz ein. Es klang bitter. »Was meinen Sie, weshalb er auf seiner Position nicht mehr haltbar ist ...«

»Ah, verstehe. Und Frau Bruns hat sich widersetzt?«

»Ja.«

»Ich nehme an, Sie auch?«

»Ja. Wir beide haben es rauskommen lassen.«

Endlich begriff Conrad.»Und jetzt glauben Sie, der hat Frau Bruns umgebracht und Sie sind demnächst auch dran?«

Sie nahm ihre Hand weg, setzte sich aufrecht hin. Aber es war nur ein Flüstern, was Conrad hörte, als sie sagte: »Nein. Ja. Ich weiß es doch nicht. Manchmal denke ich so was, ja. Manchmal fürchte ich mich. Aber meistens denke ich, ich spinne mir bloß Unsinn zusammen.«

Es entstand eine Pause. Conrad räusperte sich schließlich und sagte: »Sie haben gefragt, wer ich bin. Was ich hier eigentlich betreibe. Ganz einfach: Ich war mal ein Bulle. Und ich habe eine Leiche gefunden – genauer: Meine Frau hat sie gefunden.« Er hätte fast noch hinzugefügt: ›Meine Ex-Frau‹, ließ es aber bleiben. »Und dann bin ich, wie ich vorhin schon angedeutet habe, einigen Leuten in die Quere gekommen, die vielleicht damit zu tun haben. Die mich jedenfalls nicht mögen und die mir weh getan haben. Außerdem bin ich mit Leuten zusammengekommen, die etwas, ähm, ausgefallene sexuelle Riten pflegen, wenn ich so sagen darf.« Die Augenlider von Dr. Harz zuckten. »Und mit denen die Tote zu tun gehabt hat. Jeweils einen aus beiden Gruppen habe ich dann in der Wohnung der Bruns getroffen – das war lustig, kann ich Ihnen sagen, aber ich leb ja noch. Einen Zusammenhang zwischen diesen Gruppen und Priess kann ich nicht sehen – jedenfalls jetzt nicht. Aber, und damit zu einer anderen Frage von Ihnen: Wenn der die Bruns auf dem Gewissen hat und ich kann das beweisen, dann kann ich ihm natürlich was anhaben. Jeder kann das, das wissen Sie ja. Aber ohne Beweis: no way. Und schließlich: Wenn Priess schuldig ist, dann sind Sie vielleicht tatsächlich in Gefahr. Hypothetisch. Und ich kann Ihnen da nicht helfen. Personenschutz rund um die Uhr – ziemlich aufwändig so was, das könnte nur die Polizei, wenn sie sich das leisten wollte. Die würde zuerst aber wiederum nach einem Beweis fragen oder wenigstens nach schlüssigen Verdachtsmomenten. Um also völlig sicher zu gehen, müssten Sie sich entweder dem, ähm, Einfluss dieses Mannes entziehen, also verschwinden, oder sie müssten sich irgendwie bewaffnen.«

Sie nickte. Conrad fragte: »Werden sie eine dieser Möglichkeiten nutzen?«

Sie nickte wieder, aber er war ziemlich sicher, dass sie nichts dergleichen unternehmen würde.

»Ich muss jetzt dringend zurück an meine Arbeit.«, sagte sie.

»Darf ich Ihnen noch eine Frage ... oder nein, doch nicht!«

Dr. Harz lächelte ihn offen und traurig an. »Aber ja. Sie wollen wissen, ob Ulrike und ich ...«

Aber Conrad schüttelte den Kopf und erhob sich. »Schon gut. Geht mich nichts an.«

20. Kapitel

Am späten Abend fuhr Conrad in die Gegend von Neumünster. Er fand die Scheune nach Knuts Beschreibung ohne große Mühe. Er stellte das Auto ein Stückchen entfernt ab und ging dann erst einmal um das ganze Gehöft herum.

Eigentlich war es ein ganz normaler, frei auf Acker- und Weideland stehender Hof. Ob er noch traditionell bewirtschaftet wurde, konnte Conrad in der Dunkelheit nicht ausmachen, er hörte keine Kühe oder so. Aber es wirkte soweit alles normal, bis auf die vielen geparkten Wagen und Motorräder natürlich und die aus der Scheune dringende pathetische Musik. Conrad ging nun in Richtung Tor. Es gab keine Wachen oder Türsteher, offenbar fühlte man sich sehr sicher. Trotzdem blieb er noch in Deckung. Als nach ein paar Minuten eine Gruppe Neuankömmlinge die Scheune betrat, nutzte er die Gelegenheit und schlüpfte mit hinein.

Vor lauter Weihrauch – und wohl auch Haschischqualm und wer weiß was sonst noch allem – war fast nichts zu sehen. Gut, viele Lichtquellen gab es ohnedies nicht, nur ein paar fahl flackernde Fackeln. Ausgerechnet, dachte Conrad, Fackeln in einer Scheune ... Im Bereich weniger Schritte um ihn herum konnte er schattenhafte Formen ausmachen, Menschen, landwirtschaftliche Geräte, manchmal ein Holzpfeiler der in völlige Dunkelheit entrückten Dachkonstruktion. Das Atmen tat ein bisschen weh. Ziemlich laut waberte hier drinnen die Musik, natürlich gregorianisch. Die Nebelschwaden legten sich quasi sofort wie eine dicke Watte- oder Mullschicht auf Conrads Sinne und Gedanken. Ohne es zu wollen, veränderte er seinen Gang zu einer Art Schreiten. Als es ihm auffiel, merkte er zugleich, dass alle sich so bewegten, es ging gar nicht anders. Verdammt, die machen aber wirklich ernst hier, ging es ihm durch den bedröhnten Schädel. Dann, nach einer ganzen Weile erst, bekam er mit, dass dieses Schreiten auch eine Richtung hatte. Er lief doch tatsächlich die ganze Zeit mit diesen Grufties im Kreis herum! Nur um was herum, das wusste er noch nicht. Er wollte mal versuchen, ob er anhalten konnte, oder die Richtung ändern, aber das wäre aufgefallen, und außerdem – ja, außerdem schwer, so schwer ... Lieber weitertreiben in diesem Rhythmus obwohl ihm die Beine seltsam bleiartig wurden, das Schreiten änderte sich, verwandelte sich in ein Wiegen, schließlich schleppte er sich mehr als dass er ging. Nach vielen, vielen weiteren Runden war er weiter nach innen gedriftet, er wusste nicht, wie. Da war etwas. Sah aus, wie ein Hügel, oder gar ein großer Berg. Aus Leichen? Ja, das waren wohl Leichen, klar. Was sollte auch sonst so schön blutig riechen, so warm und wohl? Das zog einen an, das war gut, das fühlte sich angenehm an, sehr angenehm, wenn man mit der Hand die Adern des Berges nachfuhr, seine Glieder, wenn man sich an ihn schmiegte. Tief sein Gesicht hinein presste in die weiche Flanke ... Der Berg war ein Ringwall, ein Vulkankrater, es gab eine Öffnung nach innen. Innen war der Dampf noch dichter und er war heiß. Es gab einen Altar, sehr schön ebenfalls aus Leichen aufgeschichtet, darauf lag natürlich eine Frau, das war sicher, dort musste eine Frau liegen, sie musste nackt sein und schön, das gehörte sich so, das wusste er, das war gut, das war klar. Viele Kuttenträger umstanden das Medium in einem großen Kreis, murmelnd, den Zeige- und den kleinen Finger zum Teufelsgruß erhoben. Drei unbekleidete Mädchen malten mit Blut, das sie mit bloßen Händen aus flachen Schalen schöpften, kryptische Zeichen auf die Haut des Mediums.

Die Frau hatte wildes, hexenrotes Haar, auch die große, mit dichten Locken bewachsene Scham war leuchtend rot. Aus dem Rot ragte ein großes, feucht glänzendes Kruzifix. Das Medium sah ihn an. Der Schwindel wurde zu einem Sturm, einem dröhnenden Orkan. Das Medium war Jule. Mit einem Schlag riss der Lärm ab, es herrschte totale Stille. Conrad wollte zu ihr hinstürzen, doch alles bewegte sich schwergängig, klebrig. Seine tonnenschweren Beine und Füße ließen sich kaum in slow-motion-Tempo zwingen. Um ihn herum begann alles kleiner zu werden, immer kleiner. Oder entfernte es sich? Ein umgedrehtes Fernglas, langsam rotierend, ein Tunnel. War da irgendwas am Ende? Sacht und unaufhaltsam schrumpfte Conrads Bewusstsein zusammen.

Er war ungefähr fünf. Unten hörte er seinen Vater mit einem anderen Mann sprechen. Er hatte nicht lauschen wollen. Er war nachts aufgewacht, hatte die Tür seines kleinen Zimmerchens geöffnet und war auf den schmalen und langen Flur herausgegangen, zum Klo. Hier oben im ersten Stock schlief alles, links hörte er die irgendwie harmonisch getakteten Atemzüge der beiden kleinen Schwestern und weiter hinten das leise Schnarchen der Mutter. Von unten waren die Stimmen zu hören. Als er vom Klo zurückging, hatten sich die Männer aus der Stube zur Haustür bewegt, der andere wollte wohl gerade gehen. Sie standen fast genau unter ihm, und Conrad, vielmehr der Junge, der er damals war, konnte nun deutlich verstehen, wie der Mann sagte: »Dat kannste nu einfach nich erwarten, dat dat allens noch genauso is nach so viele Jahre mit deiner Claudia.«

Der Vater brummte und antwortete: »Nee, das mein ich ja nich. Das weiß ich auch, dass das normal is, dass das alles nich mehr so prickelt und so. Ich mein, wir können manchmal schon gar nich mehr vernünftig miteinander reden. Das wird immer schlimmer. So, nu aber Gute Nacht!«

»Ja, müsst ihr euch wohl 'n büschen zusammenraufen. Dat wird schon wedder. Gut Nacht!«

Mehr hatte er nicht gehört, aber das reichte, um ihn wach zu halten. Nach langem Hin- und Hergewälze war alles klar. Schon öfter hatte er den Verdacht gehabt, seine Eltern waren gar nicht wirklich seine Eltern. Nun wurde der Verdacht zur Gewissheit. Die taten nur so. Hatten die Geschwister und ihn der richtigen Mutter und dem richtigen Vater entrissen, gestohlen. Hatten die echten Eltern getötet oder hielten sie gefesselt im Keller gefangen, da, wo es hinter dem Raum ohne Licht mit den langbeinigen Spinnen und dem rostigen Waschkessel, der nicht mehr benutzt wurde, noch eine Tür gab, die er nie geöffnet hatte, weil er schon den schrecklichen Raum davor nie betrat. Dahinter musste sich ein Verlies befinden, dort konnten sie sein ... Seine richtigen Eltern liebten sich sehr, daran gab es keinen Zweifel. Sie liebten natürlich auch die Schwestern und ihn, den ältesten, und – kalt erwischte ihn die Erkenntnis – in ihn setzten sie ihre Hoffnung, er musste mit den Schwestern fliehen, oder nein, er musste die Gefangenen befreien, musste in das Kellerloch, am besten noch heute Nacht, wenn der falsche Vater sich ins erschlichene Ehebett zu seiner Kumpanin gelegt hatte, die er nicht liebte, das war ja nun herausgekommen, und die ihn ebenfalls nicht liebte, wie könnten sie sich auch lieben, Verbrecher, die sie waren, wahrscheinlich lang gesuchte Mörder, wie könnten sie sich lieben, oder ihn und die hilflosen Schwestern, wo sie doch so böse waren. Er musste also in den Keller hinab. Die Taschenlampe lag in seinem Nachtschränkchen, sie funktionierte. Fröstelnd und ängstlich hatte er gewartet, bis der angebliche Vater die Treppe hinaufkommen würde, dann müsste er sich schlafend stellen, der Verbrecher würde in sein Zimmer hineinsehen und ihm über die Wange streichen, ein großer Heuchler, dasselbe bei den armen Schwesterchen und dann würde es noch eine Weile dauern, bis sein gewaltiges Schnarchen ertönte und dann ...

* * *

Conrad fuhr hoch. Er war nicht weit gekommen, der Hof war noch in der Nähe. Es war dunkle Nacht, sehr lange konnte er hier nicht gelegen haben. Die Frau auf dem Altar war nicht Jule gewesen. Eine bloße Halluzination, sie hatte ihr nicht einmal ähnlich gesehen, als er sich mit einer schier übermenschlichen Anstrengung gezwungen hatte, das wegdriftende Bewusstsein wie mit Seil und Enterhaken einzufangen und zu sich zurückzuzerren. Die Frau aus nächster Nähe anzusehen. Das musste wohl von dem Zeug gekommen sein, dass sie da abgefackelt hatten.

Conrad schüttelte sich. Ihm war sehr kalt. Als er sich weiter umsah, erkannte er, dass er auf einem kleinen Hänger lag, auf halbem Weg zwischen der Scheune und seinem Auto. Er musste versucht haben, bis dorthin zurückzugehen, und war dann wohl irgendwie auf dies Ding hier geklettert. Wie er das geschafft haben sollte, war ihm allerdings schleierhaft. Es war zwar nicht hoch, aber immerhin musste sein Zustand ziemlich schlimm gewesen sein, sonst könnte er sich doch erinnern. Seine letzte Erinnerung war aber das fremde Gesicht der Frau auf dem Altar. Wie sie ihn angesehen hatte, von weither, entrückt. Aber zugleich scharf und fordernd.

Okay, weg damit, aber was nun? Conrad kletterte vorsichtig und ziemlich unsicher vom Wagen. Es schien ihm nun, als sei da ein Grau im Schwarz des Himmels, eine erste Ahnung von Morgen. Womöglich waren doch bereits Stunden vergangen. Es begann ganz leicht zu regnen. Conrad schlotterte, er spürte einen verdächtigen Druck auf der Brust und er wollte nichts als sein Bett. Andererseits: Er konnte ja schlecht einfach abfahren, ohne vorher noch einen nun hoffentlich nüchternen Blick in die Scheune geworfen zu haben. Wenigstens einen Versuch musste er starten, das verlangte die Ehre, oder das verdammte alte Berufsethos oder – ach egal.

Es standen nur noch ganz wenige Autos auf dem Hof und auf der Zufahrt, die Party schien schon lange vorbei zu sein. Das Tor war verschlossen. Fenster gab es nicht, soweit Conrad das in der Dunkelheit beurteilen konnte. Zu hören war zunächst nichts, dann ertönte plötzlich ganz nah das Gekläffe eines fiesen Wachhundes. Geistesgegenwärtig um sich her tastend bekam Conrad schnell einen Stock oder eine Latte zu fassen. Knüppelschwingend und mit leise drohendem Zischen hielt er das Vieh in Schach. Er überzeugte sich davon, dass er das Schloss knacken könnte. Irgendein geeignetes Werkzeug würde er im Auto sicher finden. Die Frage war bloß, ob wegen des Gebells nicht langsam mal jemand aufkreuzen würde.

Er ging los, inzwischen ziemlich nass und immer stärker zitternd. Als er den Wagen erreicht hatte, war ihm alles egal. Lieber losfahren. Egal wohin, vor allem die Heizung einschalten. Er würde zurückkommen, wenn es Tag geworden wäre und man etwas würde sehen können. Er würde den Bauern so lange bearbeiten, bis der ihm diese verdammte Scheune aufschloss. Und dann mal sehen, was da noch alles so übrig war vom großen Nachtspuk.

Er fuhr nach Hause, legte sich ins Bett und verschlief den halben Tag. Als er am frühen Nachmittag aufstand, ärgerte er sich. Massig Leute konnten sich bei einer Gruselparty amüsieren und er musste derart schlappmachen. Dass er alt wurde, war ein Gedanke, den er gar nicht erst denken musste, das war ein Gefühl, dass ihn sowieso nicht losließ. Egal, abgestürzt oder nicht, sagte er sich, da sollte man dann eben noch mal reinschauen. Und vorher besser absolut nüchtern sein, das war gestern Abend nicht der Fall gewesen, er war sozusagen mit zu hohem Handicap angetreten. Und nüchtern war er jetzt.

Doch als er den Bauernhof nach einer dreiviertel Stunde erreichte, war da ein normaler Landwirtschafts-Betrieb, keine Party, keine Maniacs, nichts. Der Bauer, den er nach langem Suchen auftrieb, war die Unschuld selbst. Conrad versuchte ihn ein bisschen zu bearbeiten. Von wegen das wisse doch jeder, dass hier 'ne kleine Feier gewesen wäre, mit zig Gästen, vielleicht auch hundert. So was könne man doch nicht einfach abstreiten oder verheimlichen.

Der Bauer schaltete auf stur, drehte sich einfach um und ließ Conrad stehen. Ohne Geld oder auch Gewalt ging hier gar nichts. Geld hatte Conrad keines. Und nach Gewalt war ihm normalerweise nicht, schließlich war er kein Gewohnheitsschläger, jedenfalls nicht so direkt nach dem Aufstehen. Nun, für beides würde im Bedarfsfall auch später noch Zeit sein.

Es war inzwischen nicht mehr früher Nachmittag, sondern echter Nachmittag und also beinahe schon dunkel. Aber im Licht der Autoscheinwerfer konnte er vor der Scheune mühelos zahlreiche deutliche, frische, tiefe, breite, grob profilierte Reifenspuren erkennen, in denen Regenwasser stand. Das Tor stand offen. Er fuhr den Wagen heran, um die Scheune auszuleuchten. Innen war gar nichts – alles ratzeputze leer. Es stank allerdings ziemlich nach Kadaver. Und ein bisschen nach Marihuana.

Um das Auto aus dem Matsch vor dem Tor wieder herauszukriegen, brauchte er fast eine Viertelstunde.

21. Kapitel

Freitag, zwölfter März, Abend. Sie kamen. Man brachte die Kinder ins Bett, das hieß: auf die Lager am Boden. Beim Gute-Nacht-Küsschen-Geben beugte Jule sich weit über die Kleinen und Conrad guckte ihr auf den Jeanshintern, der ihm nach wie vor wunderbar erschien. Gleich nach dem obligatorischen Geknatsche – also nach zehn, zwanzig Minuten – waren alle drei Kinder eingeschlafen. Conrad fuhrwerkte solange noch ein bisschen mit Kleidungsstücken, Werkzeugen, Geschirr und Wassereimern herum. Natürlich hatte er nicht aufgeräumt und wollte deshalb jetzt schnell etwas Ordnung schaffen, er nahm an, dass Jule die Unordnung störte, aber natürlich hatte er keinen Plan. Währenddessen wunderte er sich darüber, dass er noch immer meinte, so was für sie tun zu müssen. Und darüber, dass sie ihm ganz ruhig und freundlich dabei zusah. Sie riss ihm nichts ungeduldig aus der Hand, wie sie das früher wahrscheinlich getan hätte, sie machte keine Vorschläge, sie erteilte ihm keine Belehrungen. Vielleicht hatte sie sich inzwischen entschlossen, seinen Ausstieg, seine Flucht, seinen Verrat oder wie man es auch nennen wollte zu akzeptieren.

Später redeten sie. Sie tranken zu viel von dem Wein, den Jule mitgebracht hatte. Zwei Flaschen, dabei war Jule immer schon nach zwei Gläsern knülle. Es war eine der einfachen von Syrah- oder Grenachetrauben dominierten Landkompositionen, die in Südfrankreich oft wunderbar gelangen. Früher waren sie öfter dort unten gewesen und einmal hatten sie auch die Domänen der Gegend abgeklappert, immer auf der Suche nach »ihrem« Wein. Er hatte ganz ähnlich geschmeckt. Am Fenster teilten sie eine Zigarette, jawohl, Conrad wusste nicht, wo Jule die jetzt herhatte, sie rauchte ebenfalls schon lange nicht mehr. Es regnete nicht mehr, allerdings wurde es kälter. Sie wussten beide genau, worauf all dies hinauslief, und je klarer sie es wussten, desto aufgeregter redeten sie. Sie redeten dies und das, sie redeten dummes Zeug, damit bloß nicht passierte, was beide wollten. Und als es dann endlich passierte, war alles so, wie es in ihren besten Zeiten gewesen war. Später am Abend, beim Einschlafen, war es ihnen, als röche es irgendwie bemerkenswert. Vielleicht nach Frühling.

Noch in derselben Nacht kam der Schnee. Nicht mit den dicken, flauschigen Weihnachtsflocken. Er kam mit Abermilliarden von winzigen, waagerecht ansausenden Eisgeschossen. Kein Mensch konnte gegen den Sturm angehen, das Eis hackte einem regelrecht in die Augen. Binnen Stunden fuhr keine Bahn und kein Auto mehr, die stecken gebliebenen Schneepflüge blinkten gelb-orange ihr SOS in die Stille, an einigen ersten Stellen fiel der Strom aus, wo nicht schnell reagiert worden war, gefror das Wasser in den Leitungen. Es kam von Osten, natürlich. Allem Anschein nach, dachte Conrad, ist der Iwan nach alledem nun doch noch über Stadt und Land hergefallen, nur hat er sein schweres Gerät in der Taiga stehen lassen, er braucht es nicht. Um den müden, im ewigen Regen längst versackten Westen zu überrennen, braucht der Iwan bloß sein militärisches Paradestück aus der Mottenkiste, seinen Klassiker, seinen Winter. Immerhin, auch da blieb der Iwan sich treu, vertrieb er die zuvor herrschende nasse, feuchte, tückische Kälte und ersetzte sie all den ungeheuren Schneemassen zum Trotz durch klaren, ehrlichen, beißenden, humorlos und trocken klirrenden Frost.

Die Ostsee war schon nach zwei Tagen dicht. Riesige Packeisschichten schoben sich übereinander, bildeten starre Gebirgsformationen. Die Fahrrinne wurde ständig neu gebrochen, doch dann fror der erste Eisbrecher ein. Und bei alledem schneite es immer weiter, stundenlang, tagelang.

Geil, dachte Conrad, kann Jule nicht weg. War er neu verliebt, war er immer noch verliebt, war er nur auf alte Irrtümer reingefallen? – Es war ihm egal, er war besoffen von seiner eigenen Frau und er genoss es. Und sie genoss es genauso. Allerdings war sie es auch, die gelegentlich an die praktischen Dinge denken musste, und um die stand es in der Tat schlecht. Allein schon die sehr bald ausgegangenen Vorräte an Grundnahrungsmitteln zu ersetzen, war angesichts unräumbarer Wege und nur einiger weniger, zudem täglich wechselnder geöffneter Geschäfte beschwerlich und zeitraubend. Überhaupt konnte man das Haus ja nur verlassen, wenn der mörderische Sturm mal etwas nachließ. Fließendes Wasser hatten sie nicht mehr. Natürlich, Conrads Rohre waren nicht besonders isoliert, alles war festgefroren und er konnte nur hoffen, dass nichts platzte. Sie mussten wie Tschuktschen und Eskimos Schnee in den Kochtopf tun, jedenfalls behauptete Lilli, dass auch die Eskimos es so hielten. Das ging ja noch. Wirklich bedrohlich wäre ein Ausfall der Gasversorgung gewesen, doch dieser Fall trat glücklicherweise nicht ein. Die etwas unterdimensionierte und altersschwache Heizung schaffte es zwar nicht mehr auf direkt lauschige Temperaturen, aber es war auch nicht so kalt, dass man sich deshalb sorgen musste.

Dafür sickerte Conrad trotz aller Liebeseuphorie ganz allmählich ein beunruhigender Gedanke ins Hirn. Der Gedanke an die sich womöglich einer kritischen Grenze immer weiter nähernde Schneelast auf dem morschen Dach über ihren Köpfen. Er sagte es Jule nicht und den Kindern erst recht nicht, aber er beobachtete den alles mehr oder weniger allein tragenden Gerüstfuß stündlich besorgter. Irgendwann war er so weit, dass er meinte, das Ding biege sich. Und so viel war klar, eine Stahlstange dieser Art konnte sich nicht großartig biegen. Dafür konnte sie unter extremer Belastung einknicken. An Flucht, nach Hamburg etwa, war wegen der anhaltenden Unpassierbarkeit der Straßen nicht zu denken, viel eher konnte man vielleicht noch eine zweite Stütze oder auch gleich noch eine dritte und vierte auftreiben.

Als Conrad an der alten Baustelle tatsächlich noch solche Dinger fand, zeigte sich, dass er sie nicht aus dem zusammengeeisten Haufen lösen konnte. Es war zum Verrücktwerden, er fluchte und zerrte und trat und fluchte wieder, es bewegte sich überhaupt nichts.

Nur wenige vermummte Gestalten wieselten hier und da durch die Stadt, es war vollkommen still. Irre, echt wie im Krieg, dachte Conrad und kämpfte sich zurück, um per Hand den Schnee vom Dach zu schaufeln. Jule sah sich das eine Weile an. Sie fragte, was er da mache. Er sagte nichts und machte weiter. Als sie es kapierte, und das dauerte nicht lange, schrie sie ihn an. Es war ihm egal, er hatte nichts anderes erwartet und er war auch nicht mehr besoffen.

Eine volle Woche, es war schon wieder Freitag, herrschte der Ausnahmezustand. Conrad schaufelte, Jule schüttelte den Kopf. Stumm fragte sie, wie er die Kinder einer solchen Gefahr aussetzen könne. Wie er einen solchen Jahrhundertwinter habe voraussehen sollen, fragte er stumm zurück. Dann hörte der Wind auf, Conrad schaufelte weiter. Es schneite noch ein bisschen weiter, dann hörte auch das auf. Es wurde milder und das Leben normalisierte sich. Als am Sonntag das Wasser wieder kam, saß Familie Conrad geschlossen in einer Badewanne von weniger als anderthalb Metern Länge. Das hatten sie den Kleinen vor Tagen versprochen. Danach scheuchte Jule die Kinder ins Auto.

22. Kapitel

Mittwoch, vierundzwanzigster März. Heute ist mein Tag, entschied Conrad, gähnte ungefähr zehn Minuten, wuchtete sich aus dem Bett und ging ins Hafenbüro. Es war fünf Uhr morgens. Um diese Zeit versammelten sich hier die Aushilfsarbeiter um zu sehen, ob sie einen Tagesjob bekämen. Es taute kräftig und die Arbeit im Hafen hatte sich wieder eingespielt, auch wenn noch viel Eis auf Kanal und Trave trieb und schmutzige Schneeberge auf den Kais lagen. Im heimeligen Licht der nackten Neonröhren standen Studenten, Säufer und arbeitslose Familienväter rauchend in Grüppchen in der zugigen Halle. Hier und da sprang einen das busenstarrende Titelblatt von BILD an, hier und da nuckelte eine gescheiterte Existenz bereits an einem billigen Export. Draußen war es stockdunkel, lausig kalt und feucht. Die für Hamburg waren schon los, da musste man sich um vier drum kümmern. Es gab jetzt nur noch die paar Jobs im hiesigen Hafen.

Conrad stellte Udo, dem versoffenen Arschloch vom Büro, eine Jolle Klaren auf den Tisch, das war der Kurs für die ohne Arbeitserlaubnis. Wenn sie gut mit ihm auskamen. Wenn nicht, zwei Jollen.

»Konstinkai, wenn's geht«, brummte Conrad noch.

Eine Viertelstunde später leierte Udo die Namen runter. »... und dann noch Heimann, Fest, Brandt, Lodemann, Mahler und Burkhardt – Nordlandkai, das Übliche.«

Teerhofinsel und Nordlandkai, das waren heute die besseren Jobs. Jetzt kamen die anderen. »Mommsen, Gruber, Conrad, Krieg, Celik, Günduk oder was das hier heißt, lern mal vernünftig schreiben, Kebab! Ahmalik und ihr da, die zwei

Fidschis, Holz löschen. Konstinkai, wissen alle, wo das is? Sonst hinter Mommsen und Conrad herdackeln.«

Der Rest ging leer aus und durfte wieder nach Hause gehen. Das waren einige von den Ausländern und natürlich die ganzen Studenten. Die galten als linkshändig und schwächlich. Und Udo meinte, dass die sowieso nicht arbeiten wollten.

Für den Konstinkai waren sie neun Mann. Für seinen kleinen Privatauftrag heuerte Conrad vorsichtshalber noch vier von den übriggebliebenen Ausländern an. Studenten nahm er nicht. Die er jetzt hatte, groß und breit wie sie waren, dürften genügen. Eine knappe halbe Stunde nach Arbeitsbeginn war er mit allen handelseinig geworden – Kohle hatte er natürlich nicht anzubieten, aber er hatte behauptet, es handele sich um eine Lektion für ein paar kommunistische Schwuchteln, die mit Drogen handelten und junge Dinger auf dem Schulhof anfixten. Als das nicht restlos überzeugte, hatte er außerdem kurzerhand eine Riesenladung Pornos erfunden, die bei den Dealern dort oben herumläge.

Sie machten die ersten paar Waggons voll, langsam wurde es heller, aber es regnete immer noch. Die nassen, ungefähr einen Meter langen Stamm-Schnipsel rutschten, kaum gestapelt, schon wieder herum. Schwedische Fichte, die Borke löste sich überall ab, was die Sache nicht besser machte. Als der Aufseher nach ein paar sinnlosen Anweisungen und Flüchen im Inneren der Hütte des Frachtkahns saufen gegangen war, machten sie sich auf den Weg.

Es waren nur ein paar Schritte zu dem ehemaligen Kontor; in der Nähe des abgebrannten Asylantenheims über die Hafenstraße und dann ein kleines Stückchen den Fuß eines Hügels hoch, der, wie Conrad sich zu erinnern glaubte, Golgathaberg oder so ähnlich hieß. Um reinzukommen mussten sie die Tür eintreten, durch die Conrad rausgekommen war. Weil sie sich nicht anmelden wollten, erledigten sie das mit viel Gefühl, es machte zwar ein bisschen Krach, aber nicht besonders. Als sie sich im Gänsemarsch die Treppe hoch ins Obergeschoss geschlichen hatten, änderten sie die Taktik und machten ordentlich Dampf.

Conrad war doch ganz froh, dass sie so viele waren, denn am Anfang mussten sich allein vier oder fünf Mann um den Vogelmann kümmern. Conrad gab ihm schließlich eins auf die Nase, es knackte leise, da hielt er still. Auch die Gorans kriegten ziemlich Haue. Sie waren völlig überrascht und deshalb kaum in der Lage sich zu wehren. Zwei oder drei von ihnen hatten allerdings noch versucht, mit ihren Knarren zu spielen. Das war ihnen aber nicht so gut bekommen. Die Männer vom Hafen hatten sich umso entschlossener über die Typen hergemacht, keiner der Jugos war dazu gekommen, auch nur zu entsichern, geschweige denn einen Schuss abzufeuern. Und das, obwohl Goran heute immerhin sechs Kumpel dabei hatte, die allesamt was in der Jackentasche hatten. Mit so vielen hatte Conrad überhaupt nicht gerechnet, schließlich war es gerade mal halb sieben, sieben. Was taten diese Typen so früh hier?

Innerlich aufatmend sammelte er persönlich die Waffen ein, er wollte die Dinge unter Kontrolle bekommen. Verdammt verdammt verdammt, dachte er, und dass er sich die Sache wohl nicht so gut überlegt hatte, und dass sie ganz schön hätte ins Auge gehen können. Die Chefin hatte sich währenddessen kaum gerührt. Als Conrad zu ihr rübersah, goss sie gerade Tee in eine Tasse. Sie fing seinen Blick auf und deutete so was wie ein Lächeln an. Dabei wurde sie ein kleines bisschen rot. Sie war wirklich eine Schönheit, aber dies war nicht der Zeitpunkt für einen Flirt, die Jungs fingen schon an zu drängen, sie wollten die Pornos und dann zurück an die Arbeit. Also fragte Conrad den verblüfften Vogel, wo die Pornos seien, und knuffte ihn spielerisch in die Nieren. Der Vogel brüllte auf und wusste natürlich von nichts.

»Tja, schade meine Herren«, sagte Conrad zu den Arbeitern, die Pornos seien wohl schon verschoben worden, man könne aber einfach mal nachsehen, ob sich in den Taschen der Jugos und oder im Schreibtisch der russischen Dame etwas Bares befände.

Das wurde für einen guten Vorschlag gehalten und in der Tat fand sich einiges an, so dass jeder ein paar Scheinchen einstecken konnte. Ganz gerecht ging es dabei nicht zu und es gab ein bisschen Zoff, aber man konnte nicht alles haben. Nach einigem Hin und Her trollten die Jungs sich zurück an die Arbeit.

Conrad ließ sich in den Sessel fallen, der dem Vogel vorbehalten war, und klapperte mit seinen sieben Pistolen herum. Die Jugos beäugten ihn. Mit dem Vogel waren sie acht gegen einen, und sie waren stocksauer. Conrad tat so, als seien sie ihm egal. Er hoffte, das würde sie noch weiter ärgern.

»Wer sind Sie?«, fragte er die Russin. Die sah ihn mit einem schwer zu ergründenden Ausdruck an.

»Sie sollten sich besser benehmen, Herr Kommissar. Nur weil man ein paar Schusswaffen im Schoß liegen hat, ist man einer reiferen Frau gegenüber nicht unhöflich.«

»Komisch, mir schien eher die Art, wie Sie mich behandelt haben, unhöflich.« Ihr Hinweis auf ihr Alter gefiel ihm. Die meisten Frauen, hatte er immer geglaubt, versuchten so jung wie möglich zu erscheinen. Als sie in ihre Handtasche griff, hob er misstrauisch eine Goranknarre an, aber sie holte nur Zigaretten und einen kleinen Spiegel hervor und überprüfte routiniert ihr grelles Make-up. Conrad hatte sie vorher noch nicht rauchen sehen und obgleich es vollkommen bedeutungslos war, befriedigte es ihn, dass sie auf das affige Attribut einer Zigarettenspitze verzichtete. Sie schickte den Vogel und seine Gorans raus. Dann sah sie ihn einfach an. Ihm wurde ein bisschen warm. Sie stand auf und kam zu ihm rüber.

»Diese Marzipankartonagen da draußen – nicht wahr, Sie schmuggeln minderwertiges Zeugs von irgendwoher ein und stecken es in die Originalverpackungen.«

»Es ist keineswegs minderwertig«, antwortete sie mit ihrem rauen, russischen Tonfall und stellte sich hinter seinen Sessel. Er drehte sich um, um zu sehen, ob sie nicht doch so eine kleine Damenwaffe hervorgezaubert hatte. Sie hatte nicht, sie legte ihre Hände sanft auf seine Schultern. Er verspannte sich reflexartig, fast wäre er aufgesprungen.

»Es ist sehr gutes Marzipan und kommt aus einer kleinen Konditorei in Gdansk. Danzig sagen Sie hier. Ich war dort, Sie können mir glauben, es wird sehr sorgfältig hergestellt.« Sie massierte ihn leicht, mit souveräner Selbstverständlichkeit und er ließ es so halb und halb geschehen. Es wäre sicher sehr angenehm, sich darauf einzulassen, aber er wusste nicht, ob er das wollte.

»Und wie viel springt dabei raus? Wenn es so gutes Zeug ist, wird auch die Herstellung in Danzig einiges kosten. Dann die Transportwege, die Schmiergelder wegen der Grenze, was weiß ich. Und woher haben Sie diese Kartons überhaupt? Die müssen Sie auch noch besorgen, also selber machen oder klauen. Und dann alles vertreiben.«

»Die Kartons sind gut, nicht wahr?« Sie massierte ihn weiter, er ließ ein bisschen locker. Immer wenn sich ihre Hände seinem Hals näherten, verspannte er sich wieder. Sie spürte das, ließ ihre Hände weiter hoch wandern und strich sanft über sein Haar. »Wenn es Sie so interessiert, ich verrate es Ihnen gern. Wir klauen sie nicht. Wir lassen sie in einer stillgelegten Druckerei machen, nicht weit von hier, in der Nähe einer kleinen Stadt, Grevesmühl.«

»Mühlen«, half Conrad mechanisch aus. Obwohl er nie dort gewesen war und keineswegs wusste, wo genau es lag. Osten jedenfalls. »Gut, wie auch immer, das alles kostet. Und dann haben Sie eine ganze Horde von – na, sagen wir mal, Mitarbeitern, die kosten auch. Und sie schießen auf offener Straße auf lebende Menschen. Wegen Marzipan! Also ehrlich, so was lohnt sich doch nie und nimmer, oder? Sie müssen zugeben, das scheint alles etwas übertrieben für einen kleinen Etikettenschwindel.« Er lehnte sich eine Spur weiter zurück, weiter in ihre Hände. Die vielen Automatics in seinem Schoß störten etwas. Die Russin ließ sich Zeit mit ihrer Antwort, ihre Hände strichen wie nachdenkend weiter über seinen Hinterkopf, seine Schultern, jetzt auch ein wenig über Rücken und Brust.

»Wer ich bin, braucht Sie nicht zu interessieren«, sagte sie nach einer Pause. »Und aus meinen kleinen Geschäften sollen Sie sich einfach nur heraushalten, das ist alles, was ich von Ihnen will. Ich habe einen Fehler gemacht. Ich dachte, dass Sie hier herumlaufen, hätte mit uns zu tun. Wir sind auch in Berlin aktiv. Als ein Mitarbeiter von dort Sie hier erkannte, bin ich ein bisschen zu voreilig gewesen. Dafür muss ich mich entschuldigen. Ich glaube jetzt, Sie wollten gar nichts von uns und wir haben Sie nicht nett behandelt. Aber jetzt lassen wir Sie in Ruhe. Ihre Entschädigung haben Sie sich vorhin ja schon abgeholt, aber ich gebe Ihnen noch etwas. Eher eine Aufmerksamkeit ... wenn Sie wollen ...«

Die letzten Worte hatte sie ihm ins Ohr gehaucht, wie ein junges Ding. Er konnte ihr Haar riechen und die Haut ihrer

Hände. Die Hand auf seiner linken Schulter roch ein bisschen nach Zigarette, aber wenn er den Kopf nach rechts drehte, war es viel besser. Vielleicht hatte sie Recht. Was ging ihn denn so eine alltägliche Betrügerei an? Er sah wieder und wieder auf die Hände, die nun auf seinen Oberarmen zur Ruhe gekommen waren. Sie waren wohl geformt und gepflegt und das alles, aber sie waren unverkennbar auch ein bisschen alt. Nun, er war kein unbedingter Jugendfetischist und es fiel ihm nicht ein, was an dieser Situation falsch sein sollte. Aber er wusste, dass er noch nie eine Frau dieses Alters begehrenswert gefunden hatte. War ihm da was entgangen? Was geschah mit ihm? Sie kam um den Sessel herum ohne ihn loszulassen und stellte sich direkt vor ihn, ihr Becken war in Höhe seines Gesichtes. Er stand auf. Die Pistolen klackerten laut zu Boden, fielen ihnen auf die Füße, eine oder zwei schoben sich unter den Sessel. Durch seine Aufwärtsbewegung rutschten ihre Hände wie zufällig weiter nach unten. Sie ließ sie, wo sie waren und Conrad wurde es warm in der Gegend.

* * *

»Guten Tag, Herr Dr. Propst! ... Priess ...«, schob Conrad noch hinterher und verfluchte sich innerlich. Wieso konnte er sich den doofen Namen bloß nicht merken? Er war müde. Es war jetzt später Nachmittag, dunkel, einige Stunden nach dem Besuch bei der Russin und auch schon ein oder zwei Bier nach Schichtende. Er hatte dem Mann einfach aufgelauert, direkt vor dem Haus an der Musterbahn. Da musste der ja wohl häufig rein und raus, und Conrad hatte tatsächlich nicht länger als eine halbe Stunde gewartet.

Manchmal wählte er ganz gern den direkten Weg.

»In der Stadt erzählt man sich Folgendes: Sie wollten Frau Bruns an die Wäsche und die hat Sie nicht rangelassen. Sie drohten ihr. Sie begannen, ihr Steine in den Weg zu legen. Es gab handfesten Krach und Frau Bruns packte aus. Und jetzt schickt Sie ihr Chef, also der Bischof oder die Synode oder wie das heißt, in Rente. Und hält ansonsten die Klappe. Was sagen Sie dazu?«

Nach einem ganz kurzen Moment der Irritation hatte sich der Gottesmann schon wieder fest im Griff. »Zu solchem Schmutz habe ich überhaupt nichts zu sagen! Was lungern Sie hier vor der Tür herum? Wer sind Sie überhaupt?«

»Aber wir hatten doch bereits vor kurzem das Vergnügen, Herr ... Priess. Kripo, Mordkommission.«

»Ah, ich erinnere mich«, sagte Priess etwas vorsichtiger. »Haben Sie sich noch immer keinen Termin geben lassen?«

»Sie haben mich versetzt. Und ich kam eben zufällig vorbei, um zu sehen, ob ich Sie jetzt erwische. Und das hat ja gut geklappt.«

»Ich habe aber jetzt leider gar keine Zeit, Herr ...«

Bevor Priess nun wieder nach einem Dienstausweis fragen würde, entschied Conrad sich für den Notfall-Bluff. »Sagen wir: Hansen. Mein Name tut nichts zur Sache.«

Priess starrte ihn überrascht an.

»Ja doch. Bei Mord ist der Einsatz Verdeckter parallel zu den Ermittlungen der Offiziellen durchaus üblich. Weiß fast keiner, ist aber schon immer so gewesen.« Der Propst war bestimmt kein Dummkopf, aber er war dennoch beeindruckt. Die Masche funktionierte immer dann, fand Conrad, wenn man sie bei eitlen, geltungssüchtigen Personen anwandte. Die fühlten sich geschmeichelt, wenn sie glaubten, man halte sie für wichtig genug, um under cover agents an den Start bringen zu müssen.

»Verdeckter Ermittler? Aber dann dürften Sie mir das doch gar nicht sagen, oder? Ich dachte ... «

»Ach wissense, da zerbrechen Sie sich man nich 'n Kopp deshalb«, wiegelte Conrad ab. Allzu viel Spaß brauchte dem Mann die Sache nun auch nicht zu machen. »Da gibt's ja so verschiedene Theorien. Variable Technik und so. Is übrigens mein erster Einsatz.«

In den ehrwürdig bartumrahmten Zügen des Würdenträgers zeichnete sich zunächst ungläubiges Staunen und dann unverhüllte Enttäuschung ab. »Verstehe«, grummelte er. Dann richtete er sich zu seiner vollen Größe auf, nahm aber das Kinn etwas tiefer und sprach in imposantem Tiefbass: »Nun, wie ich bereits sagte, Ihre Informationen sind schmutzige Verleumdungen. Was die Lästermäuler überall in der Welt über Persönlichkeiten des öffentlichen Lebens so reden. Insbesondere über solche, die Moral und Tugend vorzuleben haben. Leider bin ich in Eile. Ich wünsche Ihnen einen guten Tag.«

»Mein Sohn.«

Der Propst hatte sich zum Gehen gewandt, drehte sich nun aber wieder um.

»Wie bitte?«

»Ach nichts, entschuldigen Sie bitte. Ich hatte gedacht, am Ende sagt so jemand wie Sie immer ... na ja, tut nix zur Sache. Ja, dann also bis bald mal.«

»Auf Wiedersehen.«

»Ja. Lässt sich ja schlecht vermeiden, bei einem unter Mordverdacht.« Priess ließ sich etwas Zeit bis er sich nochmals umdrehte.

»Unter ...«

»Ja wie. Mordverdacht, ja. Ich hab gedacht, das wär nu geklärt soweit. Und dass so mancher schon auf das Hinscheiden weiterer Personen wartet, die Ihnen geschadet haben.«

Priess starrte Conrad an. »Sie meinen, ich soll ... das kann doch nicht sein! Also, junger Mann, das geht jetzt aber wirklich ein bisschen zu weit! Sie werden mir jetzt bitte sagen, wer Sie sind. Und wer hat Ihnen diesen ganzen Kram eigentlich erzählt, he? Vielleicht die von mir sehr geschätzte Frau Harz?«

»Wer is Frau Harz?«, stellte Conrad sich dumm.

»Meine Sekre... na ja, eigentlich so etwas wie meine Kollegin. Sie müssen doch mit ihr gesprochen haben.«

»Ja?«, fragte Conrad. »Kann mich ehrlich gesagt nich erinnern. Aber wenn Sie meinen, wird das schon seine Richtigkeit haben.« Drehte sich nun seinerseits um und ging. Mehr konnte er nicht tun, um die Harz zu schützen. Wenn Priess tatsächlich der Mörder von Ulrike Bruns war, würde er nach diesem Auftritt kaum dreist genug sein, um auch noch seine zweite Widersacherin umzubringen. Aber so ganz glaubte Conrad sowieso nicht an Priess. Der war für sein Gefühl nicht der richtige Mann.

23. Kapitel

Donnerstag, fünfundzwanzigster März, mit Wind hatte der West nichts mehr zu tun. Das war ein ausgewachsener Sturm und es wurde noch schlimmer. Sturmflutwarnung. Wat schall dat heißen, Warnung ... sagten die Einheimischen.

Es waren vorwiegend alte, gekrümmte Frauen und Männer zur Bestattung erschienen, ziemlich viele sogar, wenn man bedachte, dass die Tote jung gewesen war und überdies schon ziemlich lange nicht mehr hier gewohnt hatte. Die Flut würde kommen, heute Nacht, das sei so sicher wie das Amen in der Kirche. Gott sei Dank nicht auch noch Vollmond dazu. Die Deiche brachen nicht mehr so einfach wie früher, es gab nur noch sehr selten Todesopfer, aber zuletzt war ihre Zahl wieder gestiegen. Unberechenbar war die Nordsee natürlich schon immer gewesen, aber sie schien nach Jahrzehnten relativer Ruhe irgendwie aggressiver zu werden. Man hatte das Gefühl, da braue sich was zusammen. Bei extremen Böen duckten sich die jüngeren Bäume, die elastisch genug dazu waren, fast zum Erdboden nieder. Die älteren, zerzaust und windschief wie sie waren, ließen Äste. Man musste auf der Hut sein, um nicht etwa getroffen zu werden.

Es ächzte und krachte, aber das sei noch gar nichts, meinten die Alten, das sei erst der Anfang und wegen so was brauche man die Bestattung nicht verschieben. Habe sowieso schon viel zu lange gedauert das Ganze, der arme Bruns. Immerhin stand man halb im Windschatten der kleinen Kirche, man konnte einigermaßen verstehen, was der Pastor rief. Conrad beobachtete die isolierte Gruppe der Satanisten.

Sie hatten bei ihrem Aufzug keine übertriebenen Abstriche gemacht und waren wohl der Ansicht, in ihren schwarzen Gruftie-Klamotten durchaus angemessen gekleidet zu sein. Dass so viele von ihnen gekommen waren, hatte Conrad positiv überrascht. Leister war dabei und auch der Schlachter. Sie beobachteten ihn aus der Ferne, ließen ihn aber in Ruhe.

Beinahe acht Wochen hatte Bruns darauf warten müssen, seine Tochter endlich begraben zu können, acht Wochen, das war selbst für die kniffligsten Fälle eine ganz unglaubliche Zeit. Man hatte die Todesursache trotzdem nicht geklärt, stand noch immer am selben Punkt wie am Anfang. Ertrunken, das hatte relativ früh festgestanden, war Ulrike Bruns nicht, es war kein Wasser in der Lunge, die Atmung musste also bereits ausgesetzt haben. Eher schon war sie erfroren, aber eben nicht zweifelsfrei, irgendwas stimmte mit den Werten nicht oder mit der Typologie der Merkmale. Um was genau es dabei ging, hatte Conrad nicht erfahren können, obwohl er es auch in der Uni-Klinik mit der Hansen-Tour probiert hatte. Er war damit sogar ziemlich weit gekommen, kapierte dann bloß die Angaben in den Berichten nicht. Sehr wohl kapiert hatte er, dass das Herz immer wieder unter die Lupe genommen worden war, ein offenbar intaktes, normales Herz, das rätselhafterweise dennoch versagt haben musste. Sie hatten es behalten, zu weiteren Untersuchungen; die Tote musste ohne Herz begraben werden. Die übrigen Organe waren in Ordnung gewesen, übrigens auch der Mageninhalt und das Blutbild – Drogen, Gifte et cetera schieden also aus.

Nach der Zeremonie stellte Conrad sich in die Schlange, um dem versteinert wirkenden Bruns zu kondolieren. Vom Briefträger hatte er erfahren, dass Bruns bereits sein eigenes

Begräbnis organisiert hatte, hier neben Frau und Kind, und dass es sicher ziemlich bald soweit sein würde.

Conrad sah Bruns ins Gesicht und sagte leise: »Ich nehme an, Sie halten die Mitarbeiter der Polizei und auch mich für Versager. Ich verspreche Ihnen jetzt, dass ich dranbleiben werde, bis ich weiß, was mit Ihrer Tochter geschehen ist. Und dann werde ich es Ihnen sofort sagen.«

Bruns nickte, aber Conrad war nicht davon überzeugt, dass er den Alten noch einmal würde sprechen können. Er nickte ebenfalls, zum Zeichen des Abschieds. An sich hatte er nichts gegen Leichenschmaus, aber diese Leiche wollte ihm noch immer nicht schmecken.

24. Kapitel

Van Morrison war wieder mal lost on irgendeinem ancient highway. Die Halogen- und Xenonlampen der anderen Wagen nahmen die Sicht. Der Regen wischte über die Frontscheibe, der Regen trommelte aufs Dach. Auf den Regen war Verlass. Du liebst mich nicht mehr, hatte sie gesagt. Sehr leise gesagt, damals, vor hundert Jahren, als nicht mehr zu verheimlichen gewesen war, dass Conrad schon seit Wochen nicht mehr zur Arbeit ging. Und er hatte nicht geantwortet. Ihr liefen ein paar stille Tränen übers Gesicht. Natürlich. Damit hatte sie ihn ja immer gekriegt, aber diesmal war es anders gewesen. Diesmal hätte er sich gern kriegen lassen, aber dazu war es zu spät. Dazu hatte er ein paar Sekunden zu lang geschwiegen und die Dinge nahmen ihren Lauf. Jule packte ihre Sachen zuerst. Es dauerte lange, es waren viele Sachen aus vielen Jahren. Als sie fertig war, fragte sie was mit den Kindern sei. Sie müssten wohl selbst entscheiden, hatte er gesagt, und sie hatte gesagt, das könnten sie nicht. Da hatte er nichts gesagt und sie hatte auch die Sachen der Kinder gepackt. Fast drei Tage war sie damit beschäftigt gewesen. Anfangs hatte er untätig daneben gestanden, schuldig. Dann, als er das nicht mehr aushielt, hatte er gesagt, sie solle ihn mithelfen lassen. Lilli weinte abends im Bett, sie wollte nicht wegziehen. Hella und Tim waren noch nicht alt genug, um ganz zu ermessen, was auf sie zukommen würde. Sie bereiteten sich vor wie auf einen Urlaub. Es gab vieles zu ordnen, schwierig war vor allem der Schulwechsel mitten im Jahr. Es wurde sortiert und aussortiert. Auch reichten die Verpackungen nicht, es mussten immer mehr Umzugskisten her, schließlich kamen die

Packer und der Lastwagen. Und dann waren sie weg gewesen.

In den folgenden Wochen war nicht viel passiert. Conrad wanderte durch die beinahe leere Wohnung, die ihm nun wieder so riesig wie beim Einzug mit Jule vorkam. In der Weinhandlung kaufte er Cognac. Neuerdings schmeckte ihm auch Whisky. Der Gerümpelberg im langen und hohen Flur, der aus aussortierten Spielzeugen und allem möglichen Nippes bestand, und den er zu entsorgen versprochen hatte, verstaubte allmählich. Einmal rief der Vermieter an, es kämen abends Interessenten. Es war ein Pärchen, jung, verliebt, er Angestellter, sie schwanger. Denen gefiel die Wohnung. Jule. Es gelang Conrad, ihnen den kümmerlichen verbliebenen Hausrat, seine alten Platten, die wenigen Bücher, die ihm gehörten, und den Gerümpelberg zu schenken. Als er die Wohnung verließ, hatte er kaum Sachen zu packen gehabt.

Van Morrison brummelte nur noch unartikulierte Tierlaute und Conrad brummelte sie mit. Jule. Das olle Wohnmobil hatte er erst hier gegen den jetzigen Wagen eingetauscht, eine gesichtslose Allerweltsgurke, er wusste am Anfang nicht mal die Marke, Mazda, Fiat, vielleicht auch Opel oder Datsun, immerhin zuverlässig bisher und er wusste inzwischen, es war ein Hyundai. Bei einem verschwommen nach Tankstelle aussehenden Lichtinferno hielt er an. Für guten Cognac aus der Weinhandlung reichte es ja nicht mehr, aber natürlich war der miese Weinbrand hier fast genauso teuer. Er nahm ihn trotzdem und kaufte auch das Abendessen. Jule.

25. Kapitel

Freitag, sechsundzwanzigster März, heller Tag. Conrad hatte sein Frühstück bereits beendet, die Nächte begannen nicht mehr so früh. Sacht trommelte der Regen an die beschlagenen kleinen Scheiben, die Eimer wurden nicht mehr gebraucht, so weit war das Dach längst dicht. Die Balken allerdings waren schwarz vor Feuchtigkeit.

Erst langweilte er sich eine Zeit lang mit Zeitunglesen herum. Das Übliche schenkte er sich heute mal, Tagespolitik hielt er im Wesentlichen für Zeitverschwendung. Zur Zukunft des Deutschen Fußballs, dreihundertfünfzigste Folge. Das war dann aber auch nichts. Also doch zurück zu Seite eins und da war was: »Neue Welle von Massenkeulungen in ganz Schleswig-Holstein!« Riesige »Bestände« würden vernichtet. Jahrelang war erst ohne, dann mit unzureichenden Tests gearbeitet worden, das war ja zur Genüge bekannt und fast vergessen. Auch dass bei den fälligen Überprüfungen der privatwirtschaftlich arbeitenden Labors prompt positive Ergebnisse zum Vorschein gekommen waren, wusste man ja. Obwohl das Ministerium mit den Informationen von Beginn an nicht herausrücken wollte, angeblich weil die überprüften Proben ihrerseits noch mal überprüft werden mussten. Nur, dass es sich am Ende um zig zweifelsfrei positive gehandelt hatte, das wusste man bisher nicht. Und so weiter. Der wahre Grund für die beispiellose Verschleppung dringend zu ergreifender Maßnahmen, so die Zeitung, sei vermutlich nicht wissenschaftlicher Natur. So werde »in Fachkreisen« bereits spekuliert, massive Interventionen der Agrarlobby könnten eine Rolle gespielt haben oder aber Angst vor einer Panik. Von den nun endlich in die Wege geleiteten

»Aktionen« seien auch Schafherden betroffen. Ein dramatisches Archiv-Foto, das einen der aus der Erinnerung fast vollständig verdrängten riesigen Scheiterhaufen aus den Zeiten der ersten Keulungen zeigte, war eingefügt. Verantwortlich sei keineswegs das Ministerium als Ganzes und schon gar nicht dessen Oberhaupt, so die offizielle Darstellung. Vielmehr habe ein einzelner Ministerialdirektor »den Informationsfluss über Gebühr lange« behindert. Ein Disziplinarverfahren sei bereits eingeleitet worden, seine Entlassung werde in Erwägung gezogen. »Ein klassisches Bauernopfer«, kommentierte die Zeitung, was Conrad voraussehbar und überdies unfreiwillig zweideutig fand. Außerdem sinnierte er kurz darüber, was so ein Ministerialdirektor eigentlich war und was so einer wohl zu tun hatte und ob es nicht auch Ministerialdirigenten gab oder ob ihm das nur so vorkam und wie man so was werden konnte. Bedächtig mit dem Kopf nickend las er alles, was zum Thema enthalten war, einschließlich Interviews und einer ganzen Reihe weiterer Kommentare. Gott sei Dank, dachte er schließlich, ich bin noch nicht völlig übergeschnappt. Im Nachhinein war ihm sein Ausflug nach Neumünster nämlich immer surrealer erschienen und er hatte begonnen, ernsthaft an der Zuverlässigkeit seiner Wahrnehmung zu zweifeln. In so einem Scheiterhaufen war er also herumgewandert. Die Tiere hatten unter Infektionsverdacht gestanden und waren gleich am auf die Party folgenden Morgen auf LKWs geladen, fortgeschafft und dann wahrscheinlich verbrannt worden. Vielleicht waren einige davon wirklich verseucht gewesen. Conrad schüttelte sich bei der Erinnerung daran, dass er den Wall aus Viechern berührt hatte. Aber höchstwahrscheinlich, so sagte er sich, waren sie alle gesund gewesen, zumindest als negativ ausgewiesen, nur eben falsch getestet, schlampig getestet, illegal getestet, schlimmstenfalls überhaupt nicht getestet. Eine ganze Scheune voller frisch gekeulter Tiere für eine Orgie, das war nicht schlecht, Respekt.

Sein spezieller Freund Knut, der Schlachter und Abdecker, hatte da sicher eine wichtige Rolle gespielt. Denn der war, so nahm Conrad an, ja wohl für die Fleischlieferungen zu den Zeremonien zuständig – und diesmal dürfte er sich selbst übertroffen haben. Das Ganze musste eine Mordsplackerei gewesen sein, aber Spinner, auch solche, die bei so was mithalfen, gab es offenbar genug.

Geistesabwesend blätterte er noch ein bisschen herum. Im Sportteil war außer der bereits abgefeierten »großen Zukunft« des Deutschen Fußballs nichts zu holen, zum Ermittlungsstand im Fall Bruns wie üblich nichts Neues. Ein doppelseitiger Bericht über Zolltechnisches im Zuge der laufenden Ostverschiebungen der EU. Soso, hoch interessant.

An einem grau unterlegten Kästchen blieb sein Blick aber doch hängen. Da stand, dass an Flug- und Schiffshäfen verschiedene Probleme bei der Kennung legaler und illegaler Stoffe aufträten. Es wurden auch ein paar Beispiele angefügt. Unter anderem seien etwa die eingesetzten Spürhunde nur selten in der Lage, den Geruch von mohnhaltigen Lebensmittelprodukten von dem des Schlafmohns, welcher bei Ankunft in der Regel bereits zu Heroin weiterverarbeitet sei, unterscheiden zu können.

»Ich will verdammt sein!« Conrad knüllte das Blatt wütend zusammen und warf es von sich. »Ich Idiot! Original Niederegger Mohnbrot! Jessesgott. Ganz schön frech!«

Er sah zu, dass er vom Klo runterkam, schnappte sich eine Goranwumme und steckte sicherheitshalber noch schnell eine zweite ein. Wo er sein Auto geparkt hatte, wusste er nicht ganz genau. Wahrscheinlich auf der anderen Seite der Trave, weil es auf der Insel ja nie was gab. Es jetzt zu suchen wäre sinnlos gewesen, am schnellsten ging es sowieso meistens zu Fuß. Die Trave entlang zum Holstentor joggte er locker, den unteren Teil schaffte er so gerade, das ganze Stück am Neuen Hafen trottete er nur noch in besserem Gehtempo runter. Trotzdem stand er gerade eine Viertelstunde, nachdem er vom Klo aufgesprungen war, vor dem Lagerhaus.

Vor dem offensichtlich verlassenen Lagerhaus – er hätte sich nicht so zu beeilen brauchen. Sogar die Türen standen offen. Er ging rein, machte Licht, ging alles durch – nichts, kein Goran, keine Russin, kein Riesenvogel, nicht eine einzige Marzipanschachtel.

»Die hat mich gefickt! Scheiße, die Oma hat mich echt gefickt«, fluchte Conrad. Er hatte ihr mehr als deutliches Angebot schließlich doch nicht angenommen. Er hatte die Pistolen eingesammelt und war an den zähnefletschenden Gorans vorbei unbehelligt durch den Gang und die Treppe hinunter nach draußen gegangen, zurück zum Hafen, an die Arbeit. Tja, nun war es zu spät, um noch mal auf die Sache zurückzukommen. Dann fiel ihm die Jahre zurückliegende Sache an der Müritz ein, da hatte es auch so ein Angebot gegeben. Er hatte es nicht rechtzeitig abgelehnt und obwohl am Ende doch gar nichts gelaufen war, hatte ihm das dann keiner mehr geglaubt.

Nun, die Russin war also weg. Die paar Möbel in ihrem Zimmer waren noch da, aber im Schreibtisch war nichts drin. Zwei Penner hatten es sich hier gemütlich gemacht, sie waren zwar gerade nicht da, aber ihre Plastiktüten und Lager, oder was das sein sollte, die waren da und stanken erbärmlich. Die sind früh dran, dachte Conrad, meistens lassen sie den anderen Gestank erst raus. Der andere Gestank war viel weniger penetrant, aber dafür unverkennbar. Es war der universale, wohlvertraute und immergleiche Bullengestank. Man brauchte keinen sechsten Sinn, um ihn wahrzunehmen, damit hatte das nichts zu tun. Es roch nach dem schwarzen Pulver an den Türgriffen und Armlehnen, mit dem sie versuchten, brauchbare Fingerabdrücke zu finden. Nach der Schuhwichse der Uniformierten und nach dem kalten Rauch der Zivilen. Und ein bisschen nach schäbiger Amtsstube. Bullengeruch eben. Trotzdem – es würde kaum länger als ein paar Stunden dauern, dann dürfte die ganze Bude vollgestopft mit Pennern sein.

Wullenwever. Der hatte ganz offenbar das eine oder andere Detail aus Conrads Erzählungen für überprüfenswert gehalten. Er war zwar zu spät gekommen, aber er hatte diesen Laden gefunden. Stellte sich die Frage, ob die Russin Wind von der bevorstehenden Razzia bekommen hatte und deshalb verschwunden war, oder ob er, Conrad, den Grund geliefert hatte. Schließlich war seit seinem Überfall mit den Hafen-Jungs klar, dass sie sich unter dieser Adresse nicht mehr allzu sicher fühlen konnte. Egal. Weg war sie jedenfalls. Conrad stand noch ein bisschen herum und dachte an die Hände der hässlichen, schönen, uralten, aufregenden, strengen, sinnlichen – ach verdammt! Er ging nach draußen, wo es längst dunkel geworden war, und zurück Richtung Burgtor und kramte in seinen Hosentaschen die Münzen zusammen. Für ein, zwei Bier dürfte es reichen.

* * *

»Sieg!«, brüllte es aus der Engelsgrube herunter, und Conrad brüllte sofort »Klappe, Arschloch!« zurück, machte sich aber schon mal zum Wegrennen bereit - das Programm brauchte er jetzt nicht. Da kamen sie von links aus einer der geduckten, kleinen Gangöffnungen ins Laternenlicht marschiert. Vorweg ein dicker Typ mit hochgerecktem Arm, er schien Schokolade oder etwas in der Art feierlich vor sich her zu tragen, sein Mund war dunkel verschmiert. Dahinter ein paar andere. Wahrscheinlich hamse 'ne schnelle Tüte geraucht da drinne, dachte Conrad, und komisch, sehn gar nich aus wie Faschos, eher im Gegenteil, aber wieso frisst der da soviel Schokolade?

»Cool, Mann. Das is bloß Nazi. Der is bekloppt im Kopp«, sagte einer beschwichtigend.

»Sieg!«, brüllte der, der Nazi hieß, zur Bestätigung, es sollte jedenfalls ›Sieg‹ heißen, so richtig war es nicht zu verstehen, weil er sich den Mund schon wieder mit Schokolade vollgestopft hatte.

»Is von irgendso 'm Trip nich wieder runtergekommen«, erklärte der andere, »aber is sonst in Ordnung.« Die anderen waren weitergegangen, kamen jetzt aber zurück. »Was is das hier? Will der Typ Alarm machen?«, fragte ein metalldurchwirkter Langer. Da alle ihn ansahen, schüttelte Conrad den Kopf.

»Nö.«

»Haste bisschen Kohle für uns?«

»Nö.«

»Dope?«

»Nö.«

»Was soll 'n das ganze Gequatsche dann! Ich hau ab.«

»Schreit dumm rum und frisst ständig Marzipan, das nervt«, sagte der erste wieder zu Conrad, »kann dafür aber klasse Hakenkreuze kacken. Na ja, wenn wir ihm sagen, wierum die Haken gehören. Über die Dinger regen sich die Faschos echt auf.«

Sie ließen Conrad stehen und schaukelten ihre Lederjacken weiter, wahrscheinlich rüber zur Wallhalbinsel, wo, zwischen teuren Hotels, Parkplätzen und Konzerthalle eingeklemmt, ein gammeliger Antifa-Schuppen trotzig seine schwarz-rote Fahne hochhielt. Ein paar Meter weiter unten ließ Nazi etwas fallen, eine Verpackung, sie ploppte leicht auf das Kopfsteinpflaster und wurde dann, immer wieder aufploppend, vom Wind das kurze Stückchen hinunter zum Kai getrieben.

* * *

An der Ecke zur Bierspünderstraße betrat er die Kleine Meerjungfau. Auf den ersten Blick schien ihm das eine siffige Hafenspelunke zu sein, in der die Nutten aus der Clemensstraße nebenan ihre eben verdienten Kröten versoffen. Er bestellte ein Pils und bekam eine Flasche Holsten Edel auf die Theke gestellt. Das Zeug war sogar andeutungsweise gekühlt.

Während er daran nuckelte, sah er sich die wenigen Gestalten an, die hier herumhingen. Nach Mohnbrot sahen die jedenfalls nicht aus – schade eigentlich, er brauchte Informationen. Dann ging er pissen. »Bitte nicht an den rosa Würfeln lutschen«, hatte ein Witzbold über das Pinkelbecken geschrieben und darunter stand in einer krakeligen Schrift: »Wieso, die sind doch weiß.« Und darunter stand: »Ja, nachher.« Sieh an, dachte Conrad, das können nicht nur die von den Spielplätzen und bestellte, nun erheblich besser gelaunt, noch ein Holsten.

Als die miefig-mütterliche Schachtel hinter dem Tresen es ihm hinstellte, fragte er sie kurz entschlossen direkt: »Ich such jemand, der sich mit Heroingeschichten auskennt. Sie haben bestimmt Gäste, die drauf sind, nicht wahr? Keine Sorge, ich bin kein Bulle und ich will niemanden reinreißen. Wie sieht's aus?«

Die Mama wirkte weder überrascht noch sonderlich interessiert. Nicht mal misstrauisch. Sie sagte ruhig: »Ich hab das schon lange hinter mir. Wer sich hier 'n Schuss setzen will, fliegt raus. Wer hier 'n Fick kaufen will, fliegt raus. Wer Stunk macht, fliegt auch raus. Das hier is 'n sauberer Laden, sone Art Erholungsheim für die Mädchen. Wennse nich drücken. Was is, wollnse Stunk machen?«

»Absolut nicht. Im Gegenteil, ich möchte Sie bitten, mir zu helfen.«

»Warum sollte ich?«

»Weil Sie auch was gegen Heroin haben. Haben Sie doch, oder?«

»Wer nich?«

»Auch wieder wahr.« Er musste gähnen. »Geben Sie mir noch 'n Pils. Also gut, ich hab gar nicht mehr gegen Heroin als alle anderen auch. Dafür hab ich gewaltig was gegen Heroin im Zusammenhang mit Mord.«

»Also doch 'n Bulle.«

»Nein. Aber es geht um die kleine Organistin, Sie wissen schon, die vom Dom.«

Sie nickte leicht. Das sollte wohl heißen, dass sie hören würde. Hören, nicht sprechen.

Er überlegte, ob es lohnte. Schließlich zuckte er die Schultern und sagte: »Na gut, was soll's, ich muss es Ihnen wohl ganz erklären, sonst trauen Sie mir ja doch nicht über den Weg. Und eigentlich ist da auch nichts Geheimes dran.«

Er erzählte ihr, wie er überfallen worden war, später sogar entführt. Dass er die Leiche gefunden hatte, oder genauer Jule, und dass die Gang der Russin ihn fälschlich für einen Spezialisten gehalten hatte, der ihr ans Zeug will. Was durchaus Sinn ergeben konnte – beispielsweise, wenn die Gang was mit dem Tod der Bruns zu tun gehabt hatte. Andererseits hatten sie da noch ein Spiel am Laufen – und das sei eben das Heroinspiel.

»Wer is Jule«, unterbrach sie ihn.

»Was? Ach so, meine Frau. Also, wir leben – verdammt, was soll das, ist doch egal, wer Jule ...«

»Wieso hielten die Sie für sonen Spezialisten? Wie kamen die dazu?«

»Na ja, weil ...«

»Sie sind doch 'n Bulle.«

»Nein. Gut, ich war einer, in Berlin, is schon 'ne Weile her.« Sie stellte ihm noch ein Holsten hin und er hatte nach einer weiteren Viertelstunde sein halbes Leben vor ihr ausgebreitet. Mindestens. Zwischendurch wurde ihm klar, dass diese olle Trulla mit ihrer pekigen Kneipe eine verdammt gute Mami für die kleinen Meerjungfrauen von der Clemensstraße sein musste.

»Sie hättense eben nich verlassen solln, Sie Idiot«, fasste die Gute sein Leben verständnisvoll zusammen.

»Ah ja, klar. Sagen Sie, verkaufen Sie hier eigentlich auch richtiges Bier?« Conrad fand seinen Konter nicht übel. Verband er doch den nötigen Biss mit dem Praktischen. Aber die Mama war jetzt in ihrem Fahrwasser.

»Sag ich den Typen immer, schon seit Jahren. Is aber auch wirklich immer dasselbe. Erst machen sie den Frauen die Kinder. Klar, da sind se ganz groß drin. Und dann geht's los, muss sich ja schließlich jemand drum kümmern um die Kleinen. Denkt der Macker gleich, Frauchen will nix mehr von ihm wissen. Fühlt sich vernachlässigt. Oder er denkt, er brauch nu wieder seine Freiheit oder was. Muss sich son junges Küken suchen. Dabei wird das doch alles wieder, also bei den Frauen mein ich. Nur bis dahin hams die Macker natürlich schon versaut.« Sie langte hinter sich in den Kühlschrank und holte ein vor Kälte astrein beschlagenes Flens raus.

»Na, da machen Sie sich's aber 'n bisschen einfach«, protestierte Conrad lahm. Er hatte keine Lust, sich mit der Oma anzulegen. Zum einen wohl, weil sie so ganz verkehrt nicht liegen mochte, zum anderen, weil das Flens ihn natürlich besänftigte. Na, und schließlich wollte er ja etwas von ihr, nicht umgekehrt. »Also, wie gesagt, ich suche einen Insider. Jemanden, der sich hier auskennt mit Heroingeschäften. Mit denen, die schon immer hier laufen. Und der mir sagen kann, ob es da neue Leute gibt, die auf den Markt wollen, und gar nicht mal kleinklein, eher in größerem Stil. Können Sie mir da helfen?«

»Nein«, antwortete die Frau ohne groß zu überlegen, »kann ich nicht. Ich kenn solche Leute nicht. Junkies schmeiß ich ja immer gleich raus. Gibt's aber genug von drüben in der Clemensstraße, brauchen Sie doch bloß die zu fragen.«

»Okay, werd ich machen.«

Conrad bezweifelte in Wahrheit sehr, dass sein semiprofessioneller Ehrgeiz reichte, um ihn in verräucherte Billardcafés oder Billigpuffs zu treiben und kaputte Drogensüchtige auszuhorchen. Es würde auf Nazi hinauslaufen, der war ja wohl eine sichere Spur. Allerdings hatte er zu einem Gespräch mit Nazi vorläufig auch keine besondere Lust, der war ihm einfach zu daneben. Hier bei der Mami fühlte er sich viel wohler, ob er nun Informationen bekam oder nicht.

Er bekam noch ein Flens, obwohl er gestand, kaum genug Geld dabei zu haben. Die Mama zuckte nur die Schulter und er war ein bisschen stolz, hier schon Kredit zu bekommen. Eindeutig seine neue Lieblingskneipe für fußballfreie Abende.

26. Kapitel

Sonnabend, siebenundzwanzigster März, vier Uhr nachmittags, die Nachrichten. Schon wieder Sturmflutwarnung, diesmal zusätzlich starke Regenfälle. Die Zeitung aus dem Kasten holen. Kaffee machen.

Unglaublich! Gestern waren doch Spiele gewesen, die legten die Begegnungen, wie sie wollten, schon wieder Champions League am Freitag! Im Halbfinal-Hinspiel war ein Real-Mittelfeldspieler nach bösem Foul am ManU-Starstürmer und fälligem Gelb ausgewechselt worden. Der Stürmer musste den Platz auf der Tragbahre verlassen. Für den Täter kam Reals lange verletzter Publikumsdarling ins Spiel. Er war laut Trainer »auf den Punkt wieder fit geworden«. Hübsch, dachte Conrad schläfrig, dann hatten sie also gleich vor, ihren Darling einzuwechseln. Und das hieß dann ja wohl, dass sie den ersten Mann nur aufs Feld geschickt hatten, damit er den ManU-Stürmer umnietet, als Killer. Was soll das überhaupt heißen, dachte Conrad dann, »zusätzlich starker Regen«, die haben Nerven, es regnet seit Wochen und Monaten – okay, wenn's nicht gerade schneit.

In der Tat, es hatte schon wieder geschneit und zur Abwechslung hatte es auch mal wieder gefroren. Natürlich nicht so wie vor vierzehn Tagen im Russenwinter. Aber immerhin auch nicht zu knapp, auf der ganzen Wakenitz waren wieder die Schlittschuhläufer unterwegs gewesen und immer noch war ein dünner Rest der Eisschicht geblieben. Allerdings regnete es jetzt längst wieder heftig. In der Zeitung stand, die Bewohner von Ober- und Untertrave sowie der unteren Gruben räumten schon mal die Keller aus. Keller? So was hatte er doch auch – was war da noch gleich drin? Real wusste also vorher, dass der Spieler eingewechselt werden soll ... man hatte sich vorbereiten und aus diesem Vorteil taktischen Nutzen ziehen können. Keine verdammte Ahnung, was da eigentlich im Keller liegen mochte, bestimmt nix allzu Aufregendes, lange nicht mehr da unten gewesen. Auf die Einwechslung vorbereiten können ... Vorteil ... Nutzen ziehen ... Der Kaffee war zu heiß und Conrad spuckte ihn zurück in die Tasse, und als nach einer kleinen Verzögerung der Schmerz auf der Zunge so richtig zu spüren war, murmelte er pflichtschuldig sein »Ich will verdammt sein!« in die Brühe, die ihm nun eklig war, aber er meinte nicht das Missgeschick, das war schon vergessen. Er meinte den Fall, denn er sah ihn plötzlich glasklar und einfach vor sich. So was von einfach! Wie hatte er sich bloß so lange mit all dem schwachsinnigen Kinderkram abgeben könne, er, der einstmals große und gefürchtete Kommissar Conrad! Gottesurteil – von wegen. Kleine Sex-Parties irgendwelcher Grufties in ihren Kellerlöchern. Das ihm! Und dann Marzipan, Fälschung, Schiebung, Schlafmohn, egal – alles Firlefanz, um den sich das Gesocks von Steuerfahndern oder seinethalben auch die Apostel vom Drogendezernat kümmern konnten, das war doch nichts für einen anständigen Kripo-Kerl für Mordsachen. Marzipan! Conrad riss den Kühlschrank auf.

Jetzt ein schnelles Bier, nur so um richtig wach zu werden und um die verbrannte Zunge zu kühlen und um in Stimmung zu kommen, und dann nix wie hin zu dieser hoch sensiblen Musikerseele.

Er rief in der Musikalienhandlung an, bekam – dem Klang der Stimme nach zu urteilen – sogar die Kleine dran, verabredete sich aber, so Leid es ihm auch tat, nicht zum Essen mit ihr, sondern gab sich als Kommissar Wullenwever aus, wurde ein bisschen laut, als sie schüchtern anfing von »Datenschutz und so« zu quatschen, und nachdem sie ein wenig geblättert hatte, bekam er bestätigt, was er vermutete.

Ach was vermutete, was er schon wusste: Der Kunde, welcher damals die Messiaen-Meditation bestellt hatte, war natürlich Matthies gewesen. Er hatte also sogar seinen richtigen Namen angegeben – übler Schnitzer, dachte Conrad erst, aber dann fiel ihm ein, dass man Matthies in dem Geschäft ja sicher gekannt hatte, überhaupt war der stadtbekannt, da hatte er schlecht einen falschen Namen angeben können. Höchstens einen Strohmann schicken, aber das hatte er ja nun offenbar nicht getan. Die Adresse stand zwar, soweit er sich erinnern konnte, im Telefonbuch, aber schneller ging es, wenn er sie sich auch gleich geben ließ. Hüxstraße, das war gar nicht weit, zumindest Altstadt, wunderschöne Straße, passte gut zu designerbebrillten Künstlerexistenzen.

Er ging los. Matthies war nicht zu Hause. Eigentlich kein Wunder, dachte Conrad, es ist Samstagnachmittag, beinahe Abend. Zehn zu eins, dass Matthies an seiner Orgel sitzt und für morgen übt.

Schon draußen war gedämpfte Musik zu vernehmen, der neue Organist war zweifellos bei der Arbeit. Conrad war ziemlich durchweicht, als er den Dom erreichte. Die Orgel tönte gewaltig. Conrad musste ganz schön brüllen, bis Matthies ihn hörte und herunterkam.

27. Kapitel

Guten Tag, Herr Hansen. Wie kommen Sie voran?«, fragte Matthies unbekümmert und Conrad hätte ihn sich am liebsten gleich zur Brust genommen, um ihm eine reinzuhauen – so ärgerte ihn dieser Ton. Aber er wollte mit dem Organisten zum Mühlenteich. Dahin, wo das Verbrechen – und es war ein geplantes Verbrechen gewesen, daran gab es keinen Zweifel mehr – verübt worden war.

Er zwang sich, mit verbindlicher Stimme einen kleinen Spaziergang vorzuschlagen, da es gerade nicht regne. Es bestünde noch ein gewisser Klärungsbedarf bezüglich einiger Fragen ... Matthies holte seinen Mantel, sie verließen den Dom und umrundeten die Türme, um zum Mühlendamm zu gelangen. Am Wasser kam Conrad sofort zur Sache.

»Sie haben sich das Messiaen-Stück bereits Monate vor dem Tod von Ulrike Bruns besorgt. Sie haben sie ganz gut gekannt und Frau Bruns hat Ihnen erzählt, dass sie es demnächst spielen würde. Offiziell angekündigt wurde das Programm erst im Januar. Aber Sie haben die Noten beim städtischen Musikalienhandel im Oktober oder November letzten Jahres bestellt, das wusste man dort noch und auch, dass Sie sie einige Tage später auch abgeholt haben. Ist doch merkwürdig, nicht wahr? Diese Noten will sonst nie jemand, wie mir versichert wurde. In der Nacht zum vierten Februar stirbt die junge Bruns, entdeckt wird sie zunächst nicht, also stellt sich erst am Vormittag dieses Tages heraus, dass jemand sie vertreten muss. Und da glänzen Sie plötzlich mit einer sagenhaften Interpretation eben dieser selten gespielten, sehr schwierigen Meditation. Und das als Vertreter, scheinbar so gut wie unvorbereitet, sozusagen vom Blatt. Sie sind ein Star, eine Entdeckung! Und schließlich beerben Sie die Tote – man bietet Ihnen die Stelle an, natürlich zunächst nur inoffiziell, unter der Hand. Wie das so läuft, man gibt zu verstehen, dass Ihre Bewerbung ausdrücklich erwünscht ist. Christian Thomas Matthies, guter Name eigentlich. Nur hat das nie ganz gereicht. Christian Thomas Matthies, der ewige Zweite, der überqualifizierte Dorf- und Gelegenheitsorgler, der Versager – nun ist er am Ziel.«

Die Stimme des Organisten klang dumpf. »So sehen Sie das also.«

Sie hatten einen kleinen Steg betreten. Conrad bemerkte wohl, dass Matthies darauf bedacht schien, ihm den Weg zum Ufer zu verstellen, aber er hatte eine der Goran-Kanonen in der Tasche und konnte damit auch umgehen. Matthies könnte unter Umständen ebenfalls eine Schusswaffe haben, war im Umgang damit aber garantiert ein Stümper. Obwohl es ein diesiger und verhangener Abend war, konnte man den gegenüberliegenden Wall mit seinen Bäumen als tiefschwarze Schattenwand erahnen. Vor ihnen lag die weißliche, an vielen Stellen zusehends ins Matschiggraue übergehende Eisfläche. Sie taute, war aber noch immer nicht weg.

»Ja. So seh ich das. Aber da war noch was anderes im Spiel. Es haben sich Leute für Frau Bruns interessiert, mit denen sie kaum einer, der sie kannte, in Verbindung gebracht hätte. Die Satanisten – geschenkt. Mal 'n privates Orgelkonzert im Dom um Mitternacht für diese Spinner, was weiß ich, vielleicht sogar ein hübsches, kleines Ritual auf dem Altar. Aber komisch: Nach ihrem Tod sucht einer von denen irgendwas in ihrer Wohnung, schraubt Fußleisten ab und guckt, ob was dahinter ist. Und dann kommt noch einer schnüffeln, aber der ist ein gestandener Krimineller. Drogengeschäfte, vielleicht nicht erste Liga, aber immerhin. Wonach hat der doofe Satanist also wohl gesucht? Und warum wusste er, dass da was sein könnte? Und was soll die nette Organistin überhaupt damit zu tun gehabt haben? Und dann fällt mir ein, dass ich was gelesen habe von der Überholung der Domorgel. Maßgeblich beteiligt: ein gewisser Herr Matthies, Organist, früher aber mal Orgelbauer. Sämtliche Pfeifen wurden peu à peu drüben in Polen gegen Korrosion behandelt. Die letzten Pfeifen kamen erst vor ein paar Wochen zurück. Alles klar, alles wieder da, alles wieder eingebaut. Aber irgendwas fehlt, irgendwas suchen die Drogenleute und auch der dumme Satanist. Sieht so aus, als hätte da noch was dringesteckt in einer der Pfeifen, sagen wir mal so 'n Kilo Heroin, vielleicht auch mehr. Ist einfach stecken geblieben bei der Entladung, wenn man das so nennen will. Irgendwer muss da geschlampt haben. Und die gute Organistin hat das Zeug irgendwann entdeckt. Hat vielleicht 'n bisschen komisch geklungen, die Orgel, also die spezielle Pfeife, kann man sich vorstellen, oder? Die Bruns spielt, sie hört, da stimmt was nicht, sie sieht sich die Pfeife mal genau an, sie klopft darauf herum, was weiß ich, am Ende jedenfalls findet sie das Paket. Klar, dass die Russen-Connection diesen Teil des Stoffs inzwischen vermisst. Ein Kilo – das ist keine Kleinigkeit, auch wenn es insgesamt um erheblich mehr geht. Außerdem: Ein fehlendes Kilo ist ein Risiko. Die Russen fangen also an, nach dem Zeug zu forschen. Richtig soweit?«

»Keine Ahnung, geht mich doch nichts an«, antwortete Matthies trotzig.

»Mal sehen«, brummte Conrad unbeeindruckt. »Immerhin gibt das Ganze ein hübsch rundes Bild ab, wenn man folgende Annahme voraussetzt: Der gelernte Orgelbauer Matthies streicht höchstselbst ganze Werke oder Register oder wie das heißt, jedenfalls massig Pfeifen der Domorgel mit irgendeiner Säure oder Lauge ein. Dann stellt sich, oh Wunder, eines Tages heraus, dass sie rostet, die schöne Orgel. Da er einer der wenigen verfügbaren Experten ist, ist es nur naheliegend, dass er die Renovierung organisiert. Alles hübsch vorbereitet, inklusive Füllung beim Rücktransport. Und der Typ, der die Pfeifen dann ausgeräumt hat, waren natürlich auch Sie. Und die besagte Ladung Stoff – die haben Sie absichtlich dagelassen. Damit die Bruns sie findet. Und damit letztlich jeder Mordverdacht auf die Russin und ihre Freunde fallen müsste, wenn die ganze Sache auffliegt. Sie wussten nämlich genau, dass da was nachkommen würde, denn Sie meinten ja, ihre Freundin Ulrike Bruns unbedingt töten zu müssen. Das war ja schließlich Sinn und Zweck der ganzen Veranstaltung. Ich denke, Sie können mir folgen?«

»Zur Not und mit viel gutem Willen – schon. Aber natürlich ist das alles Theorie«, sagte Matthies. Er bemühte sich um einen spöttischen Ton, aber es klang irgendwie eher hoffnungsvoll als überzeugt. »Wie sollte einer wie ich denn an irgendwelche professionellen Drogenleute rankommen? Wie stellen Sie sich das denn vor?«

»Wie ich mir das vorstelle? Dass so 'ne Null wie Sie an solche Typen rankommt? Gar nicht. Die sind an Sie rangekommen, so stell ich mir das vor. So ist das jedenfalls normalerweise. Von denen stammt vermutlich der komplette Plan mit der Restaurierung. Die machen das womöglich öfter so, mit Orgeln und auch anderen Sachen aus verschiedenen Gegenden und Ländern, wer weiß? Und wickeln das immer schön über die Werkstatt in Polen ab. Da werden die Kollegen vom Drogendezernat schon noch dahinterkommen – mit Hilfe Ihrer Aussagen. Damit, dass dies alles bloß eine Theorie ist, könnten Sie allerdings Recht haben – vorläufig. Allerdings haben wir, was den Mordfall betrifft, mit dieser Theorie alles beisammen. Und in so einem Fall wird gebohrt, das können Sie mir glauben, und dann findet sich mal hier was und mal da was, und so wird aus einer Theorie schnell mal ein beweisbarer Tathergang, nicht wahr? Da hat zum Beispiel der doofe Satanist ein Telefonat mitgehört, das die Bruns geführt hat – wahrscheinlich mit Ihnen – und dabei ging es um etwas, das sie gefunden hat und loswerden will – natürlich wieder an Sie. Wie dumm, wenn man nun bei Ihnen das besagte Päckchen suchen würde, das bei Frau Bruns nicht zu finden gewesen war. Ich könnte schwören: da isses. Überhaupt ist das so eine Sache mit Theorien dieser Art. Sie leuchten einem einfach ein. Da wäre erstens mal das Motiv: Reiner Neid, reine Habgier und reine Geltungssucht. Konkret ausgedrückt: Das Opfer hat eine sehr angesehene Stellung und Geld. Der Täter nicht. Will er aber haben. Opfer beseitigen, Stellung übernehmen, reich und berühmt werden. Ganz klassisch und simpel also. Da wäre zweitens die Gelegenheit: Der Täter ist mit dem Opfer gut bekannt. So weiß er auch über Einzelheiten genau Bescheid und kann dieses Wissen für seine Pläne nutzen. Siehe Schäden an der Orgel, siehe Messiaen. Die Drogengeschichte bietet zudem die Möglichkeit, die Sache anderen in die Schuhe zu schieben. Auch die bekannten Eskapaden des Propstes bieten übrigens die Möglichkeit, eine falsche Fährte zu legen, deshalb wird auch ein Streit zwischen ihm und der Bruns erwähnt. Und schließlich drittens: Das Opfer vertraut ihm. Um so leichter findet der Täter eine Möglichkeit, es ungesehen umzubringen. Hier muss die Erklärung liegen für die letzte offene Frage. Denn, nicht wahr, die Frage ist noch nicht geklärt: Wie ist die Bruns auf das Eis geraten? Die alberne Augenbinde hat sie nicht getragen – die haben Sie ja wohl zur Ablenkung hinzugefügt, einfach ins Wasser geschmissen, nehme ich an. Wollten damit die Satanistentruppe ins Spiel bringen, oder speziell Leister, falls sich das mit dem Russen-Verdacht irgendwie erledigen sollte – egal. Aber: Kein Mensch, der sich hier ein bisschen auskennt, geht freiwillig auf so frischem, dünnem Eis, wie es am fraglichen Abend ja noch gewesen ist, spazieren. Also, wer oder was trieb sie aufs Eis?«

»Das hier«, sagte der Organist. Er hielt ein schwarzes Ding in der Hand. Bevor Conrad sich klarmachen konnte, um was es sich handelte, bekam er einen scheußlichen Schlag, oder eher war es ein widerliches Auseinander- und Zusammenreißen des Körpers, alles zuckte ungesteuert, die Schläfen wollten platzen.

»Bei Ulli hab ich's erst mal auf einer niedrigeren Stufe gemacht, sie hat dann aber zu laut rumgeschrien. So richtig weit rausgejagt hab ich sie aber erst mit Stufe sechs. Das eben war übrigens Stufe vier.«

Die Waffe in der Tasche war nicht zu greifen, klar, Metall eben, Conrads Hand konnte einfach den Befehl nicht ausführen. Er hatte sich zwar beileibe noch nicht richtig erholt, sprang aber trotzdem mit aller Wucht, zu der er fähig war, auf Matthies zu.

»Hier kommt Stufe fünf«, sagte der, und Conrad prallte auf eine Mauer aus Schmerz. Der Stromstoß schien ihn mitten im Sprung abgefangen zu haben, jedenfalls war ihm für einen Moment, als stünde er einfach in der Luft. Dann explodierte sie.

»Komisch, dieser scheint ein bisschen stärker zu sein. Den ersten Shocker hab ich nicht mehr, das hier ist ein neuer. Als sie endlich eingebrochen war, hab ich aufgehört. Ich dachte die Kälte erledigt das sehr schnell. Aber die kommt doch tatsächlich wieder das Loch hochgekrabbelt – na ja, so'n Stückchen wenigstens, der Rand brach weiter ab. Und gebrüllt hat sie auch wieder. Da hab ich den Shocker einfach zu ihr ins Wasser geschmissen. Tja, da war das Gezappel natürlich groß, aber dann war auch bald Ruhe. Ach so, ja, das ist richtig, das schöne 666-Tuch hab ich dann auch noch versenkt. Gibt's bei Karstadt, die Dinger. War 'ne ganz gute Idee eigentlich, oder? Ich musste es um einen Stock wickeln, um es überhaupt so weit werfen zu können. So, nun aber mal los. Rauf mit dir aufs Eis, Wichser.«

Conrads Herz krampfte, es fühlte sich an wie das Sterben, und das würde er auch, das war dann wohl Stufe sechs. Es gab keinen Ausweg, er rannte. Es krachte unter ihm, immer wieder, seine Beine waren schon klatschnass. Die Stöße warfen ihn um, aber er zwang sich vorwärts, nun ganz durchnässt. Irgendwann musste doch die Reichweite überschritten sein! Aber dennoch, quer über den See war es viel zu weit, hoffnungslos, er würde garantiert erfrieren oder absaufen, er musste versuchen, einen Viertelkreis zum Ufer rechter Hand zu schlagen. Die Reichweite ... Wenn ich diesmal noch davonkomme, durchzuckte es ihn, wenn ich diesmal noch davonkomme, knall ich die Sau ab! Ich muss aus der Reichweite kommen damit ich die Sau abknallen kann, diesmal will ich's wissen, ich will die Sau bluten sehen! Ein neuer Stoß – Aaarrgh! – aber schon schwächer, schon schwächer ... warte Freund, das hier ist nicht der Totentanz, jedenfalls nicht meiner, dich krieg ich noch, ich bin nicht zu stoppen, mein Programm läuft, und siehe, mein Programm, es heißet Zerstörung und Vernichtung. Zerstörung des organischen Systems Matthies – Aargh! – und wenn ich dabei draufgehe, dich lass ich nicht entwischen. Wullenwever, du Stümper, durchsuch gefälligst mal den Schrotthaufen, den du hier rausgeholt hast! So'n Ding wird sich doch identifizieren lassen, und wenn's noch so verschmurgelt ist.

Das Eis brach unter jedem Tritt, aber irgendwie schlitterte er trotzdem weiter, natürlich ging das nicht ewig so, natürlich brach er schließlich vollends ein, ungefähr an der Stelle, wo Jule wild mit den Armen gerudert hatte, ein fernes Bild, plötzlich entsetzlich nah, nein, kommt nicht her! Dass es eine solche Kälte überhaupt gab! Sein Herz setzte einen oder zwei Schläge aus, ein entsetzliches Gefühl.

Jule, wenn ich noch mal davonkomme, wenn ich hier noch mal rauskomme, Jule!

Er hievte sich in Panik auf die erneut brechende Kante, rollte sich weiter, brach nur halb ein, kam auf die Füße, balancierte auf halb versunkenen Schollen – Argh! –, Stufe sechs kommt hier nicht mehr so stark an, die Sau muss die Bruns damals von der Seite da drüben aufs Eis gejagt haben, da wo ich jetzt hin muss, jetzt steht er schlecht auf seinem Steg, ich bin schon zu weit weg. Oder, verdammt, er wird dasselbe wieder tun, er wird das Ding versenken. Deshalb hat die Bruns mehr nach Herzversagen als nach Ertrinken ausgesehen. Unablässiger Stromschlag von allen Seiten, viel zu schwach, um Spuren auf der Haut zu hinterlassen, ein See ist ja keine Badewanne, aber mit der Kälte und der Angst zusammen war das durchaus genug, ein Herz aussetzen zu lassen. Aber viel zu schwach für mich, du Pisser, pass bloß auf. Nicht mit mir!

Als er sich umdrehte, konnte Conrad tatsächlich erahnen, wie Matthies weit ausholte. Wahrscheinlich wollte er das widerliche Gerät auf gut Glück in eine der offenen Stellen in der unmittelbaren Nähe werfen.

Aber er traf nicht einmal, Conrad hörte den Aufschlag auf die Eisfläche irgendwo links von ihm. Er hat nicht getroffen!

Er ist fertig! »Überseeische« Stromstöße wie bisher waren keine mehr zu spüren, das Ding musste falsch ausgerichtet gelandet sein. Fast im selben Moment erreichte Conrad eine festere Stelle, nur noch etwa zwanzig Meter vom Ufer entfernt. Im Weiterrennen konnte er jetzt die Pistole aus der Tasche ziehen. Scheiße, klar, die ist ja nass, hoffentlich geht sie! Mit einem Blick über die Schulter sah er, dass Matthies noch immer auf dem Steg stand. Aber als Conrad das Ufer erreichte und dann in seine Richtung zu laufen begann, rannte auch Matthies los. Conrad konnte gar nicht treffen, aus vollem Lauf, es war dunkel, Matthies war kaum zu sehen und weit entfernt. Außerdem zitterte Conrad so sehr, dass er die Waffe kaum halten konnte. Er brüllte und drückte ab, immer wieder, auch als das Magazin schon lange leer war.

28. Kapitel

Ich glaub, ich brauch mal Urlaub, dachte Conrad, als er den wieder erwachenden Schmerz in der Lunge spürte. Halb erfroren, wie er war, musste er sehen, dass er nach Hause kam.

Kurz darauf lag er stöhnend in der Badewanne. Das Wasser war wie immer zu heiß, das Bier dafür schön kalt. Van Morrisson sang einen seiner ebenso peinlichen wie mitreißenden Erweckungssongs: By His Grace. Conrad angelte sich das Portemonnaie vom Küchentisch. Eigentlich praktisch, so eine Wanne in der Küche. Irgendwo musste er doch Leisters Nummer haben. Er fand sie, kam sogar ohne aussteigen zu müssen ans Telefon heran, ließ es fallen, kam nun nicht mehr heran, fluchte, stieg halb aus der Wanne, holte bei der Gelegenheit noch ein Bier aus dem Kühlschrank, es fand sich nur noch eins der hiesigen Sorte Glück Pils – wo auch immer das hergekommen sein mochte, er kaufte das Zeug nie – und rief Leister an. Vom ihm bekam er Knuts Mobilnummer. Der hatte aber abgeschaltet und Conrad musste seine Botschaft auf die Mailbox sprechen.

»Hallo Knut, hier spricht die Polizei. Die Polizei ist zur Zeit verhindert. Deshalb kannst du dir jetzt den Kerl schnappen, der Ulli Bruns ermordet hat. Es ist Matthies, Christian Thomas Matthies, den kennst du vielleicht, ich bin nicht sicher. Wohnt in der Hüxstraße neunzig, falls du das noch nicht wusstest. Wenn er dumm ist, geht er da jetzt hin, um ein paar Sachen für seine Flucht mitzunehmen. Vielleicht ist er auch schon da, vielleicht auch schon wieder weg. Also mach hin und versuch's einfach, leg dich auf die Lauer.« Er wollte schon die Unterbrechungstaste drücken, da fügte er, von Bedenken geplagt, noch schnell hinzu: »Aber lass noch ein bisschen was von ihm übrig, was man dann später verurteilen kann, ja?«

Er war von sich selbst etwas überrascht. Noch vor einer halben Stunde hatte er die Sau einfach abknallen wollen. Und jetzt wieder Skrupel. Trotzdem: So einen Tipp hatte er noch nie jemandem gegeben, so was hatte er noch nie gemacht, das war ja Anstiftung ... Das sollte Wullenwever besser nicht erfahren.

Mit Matthies hatte er allerdings wahrlich kein Mitleid. Ohnehin war es nicht sehr wahrscheinlich, dass er so dreist sein würde, seelenruhig nach Hause zu gehen. Und wann Knut die Nachricht abhören würde, war auch völlig offen. Matthies hatte also eine faire Chance, Knut zu entgehen. Dann würde er, Conrad, eben mit Wullenwever sprechen und der würde die Fahndungsmeldung rausschicken. Aber wenn Knut den Matthies nun doch erwischte, dann konnte es gut sein, dass er ihn in seine Abdeckerei verschleppen und ihm dort ein furchtbares Ende bereiten würde. Wenn. Ha, grinste Conrad, das ist meine Art von Gottesurteil. Der Nachteil war nur der, dass er sich damit ein wenig außerhalb der Legalität bewegte. Das war ihm der Spaß schon wert, Matthies hatte ihn schließlich soeben beinahe zu Tode gefoltert. Aber er hatte keine Lust, für seine kleine Information an den Schlachter, der die Bruns so unglücklich geliebt hatte, zur Rechenschaft gezogen zu werden. Wenn Knut Mist baut und unseren Künstler buchstäblich und endgültig zu Hackfleisch verarbeitet, dachte Conrad, dann empfiehlt es sich vielleicht auch für mich, hier für 'ne Weile zu verschwinden. Oder gleich ganz. Er wusste ja sowieso nicht recht, was er hier eigentlich sollte. Die Stadt war ja sehr schön, aber was hatte das mit ihm zu tun? Das Ganghaus, die viele Arbeit, die er damit gehabt hatte – es war ihm herzlich egal. Irgendwie war er mit diesem Kram durch. Also, am besten alles stehen und liegen lassen und weg hier – irgendwohin, was Neues anfangen. Quatsch, ist doch Käse, dachte er, Kurzschluss-Kacke, und erst mal müssn wa ja sehn, dass unser Herr Kirchenmusikus auch tatsächlich geschnappt wird, von wem auch immer.

Er nahm den letzten Schluck aus der Flasche und rülpste. Van Morrisson grummelte inzwischen Take Me Back, dies nun weniger ein Erweckungslied, obwohl – na ja, jedenfalls eins von Conrads Lieblingsstücken. Scheiße, es reicht, dachte er plötzlich, nun doch wieder Kurzschluss, aber das war ihm wurscht und er tippte Jules Nummer. Mehr als schiefgehn kanns ja nicht, dachte er, und dann kann ich immer noch sagen, war bloß 'n Witz. Wieder nur der Anrufbeantworter.

»Jule, ich – also, liebe dich. Ja. Keine Ahnung, wieso ich es zwischendurch mal nicht so genau gewusst habe. Oder doch, schon, aber weißte ja alles selber. Lass uns zusammen 'ne Wohnung suchen, meinetwegen in der Nähe von deinen Eltern. Falls du nicht schon lange mit deinem Internet-Jüngling liiert sein solltest.«

Es piepste. Dann hörte er Jules Stimme, sie klang fröhlich.

»Hans? Alles klar bei dir?«

29. Kapitel

Sonntag, achtundzwanzigster März. Gar kein so übler Kerl, dachte die eine der beiden schemenhaften Gestalten, die sich vor der Tür des Go West in der Nähe der Hüxtertorbrücke voneinander verabschiedeten. Es war schon Morgen, aber es wurde nur zögerlich heller, sie mussten wieder etwas mit der Uhrzeit veranstaltet haben.

Das Go West war eine Kneipe, in die man absolut nicht ging – jedenfalls nicht vor vier oder halb fünf. Danach konnte man nicht wählerisch sein. Stundenlang hatten sie geredet, hatten dreimal die Kneipe gewechselt, zwischendurch eine Wohnung durchsucht, dabei erwartungsgemäß ein großes Päckchen mit einer weißen Substanz sicher- und bei dem einen oder anderen Bier die Dinge soweit klargestellt.

Was die Marzipansache anging, würde man die Dinge den Zuständigen überlassen, da waren die beiden Männer sich schnell einig gewesen. Sie interessierten sich allerdings für die Wege, die eine bestimmte Person gefunden haben musste, um mit der professionellen Connection ins Geschäft zu kommen. Oder eher andersrum. Von den Äußerungen dieser Person könne man sich jedenfalls in mehr als einer Hinsicht einiges erhoffen, die Zerschlagung des Rings sollte dann nur mehr eine Formalität sein. Schade deswegen, dass die Person augenblicklich nicht vernehmungsfähig sei. Immerhin, so viel könne man den Kollegen in der Zwischenzeit schon mal mit auf den Weg geben, immerhin scheine es lohnenswert, einer bestimmten, auf Restaurierungsarbeiten an hochwertigen und sensiblen Stahlteilen spezialisierten Firma in Lodz eine gewisse Aufmerksamkeit zu widmen. Dass jenes aufgefundene Päckchen mit dem Pulver von den eigentlichen Adressaten nicht in der durchsuchten Wohnung vermutet worden war, lag auf der Hand. Schließlich mussten sie sich in dem Glauben befunden haben, ihr Partner habe ebenso wie sie selbst ein finanzielles Interesse an der reibungslosen Abwicklung des Geschäfts und damit auch an vollständiger Auslieferung der Ware. Sie dürften gleichwohl gefragt, gedrängt, vielleicht mit vollständigem Ausfall der Zahlungen gedroht haben. Als das nichts ergab, hatten sie offenbar weitere Nachforschungen angestrengt – nur so war das Auftauchen des Vogelmannes in Ulrike Bruns' Wohnung zu verstehen. Doch vom doppelten Spiel ihres Zulieferes hatten sie sehr wahrscheinlich zum gegenwärtigen Zeitpunkt noch immer keine Ahnung.

Einer der beiden Männer hatte zuvor am Telefon die Nachricht erhalten, besagte Person, er wisse schon, sei abholbereit. Ziemlich mitgenommen zwar, aber na ja. Er, der Anrufer also, habe über eine Stunde auf besagte Person gewartet, und zwar in deren Wohnung. Da reinzukommen sei nicht weiter schwierig gewesen. Die Person habe sich der Wohnung äußerst vorsichtig genähert, offensichtlich hatte sie damit gerechnet, dass die überwacht würde. Aber dass jemand drin sein könnte, habe sie wohl nicht erwartet. Tja, Pech. Er, der Anrufer wieder, sei dann mit der Person an seinen Arbeitsplatz gefahren, der für derartige Gelegenheit gut ausgestattet und außerdem abgeschieden gelegen sei. Man könne die Person, oder was noch von ihr übrig sei, am Rande des Gewerbegebietes abholen, sie sei leicht zu finden, befestigt an einer Straßenlampe, es empfehle sich, ein Schweißgerät oder mindestens einen kettentauglichen Bolzenschneider mitzubringen.

Dies war sogleich veranlasst worden, und zwar von dem anderen der beiden Männer, welcher wiederum vom Angerufenen verständigt worden war. Die besagte Person wurde ins Gefängniskrankenhaus eingeliefert, der Informant wegen Verdachts auf schwere Körperverletzung vorläufig festgenommen.

Jetzt hatte sich der eine aufgebaut, breitbeinig, hatte zuletzt mit schwerer Zunge gesagt, der andere solle nun abhauen. Und sich in dieser Stadt nicht mehr blicken lassen.

Der Angesprochene hatte statt einer Antwort eine Plastiktüte mit offenbar schweren Gegenständen darin hochgehoben und sie dem ersten übergeben. Dieser wiederum hatte nach einem kurzen Blick in die Tasche ungläubig den Kopf geschüttelt. Dann war er in betont aufrechter Haltung auf das wartende Taxi zumarschiert und hatte die Hand noch mal matt zum Gruß erhoben, als es anfuhr, um ihn wohlbehalten in seiner Reihenhaussiedlung draußen in Eichholz abzuliefern.

Der Mann, der noch dagestanden hatte, hustete schwer, auch rasselnd, aber eher nach Galle klingend, dann drehte er sich um und bog um die Ecke, ging mit hohl klackernden Schritten über das spiegelnde Kopfsteinpflaster An der Mauer entlang, wo es in einer der vielen Windungen stank. Nach klassischer, ehrlicher Bierschiete stank, aber auch aromatisch, nach Mandeln und noch irgendetwas, und wo ein markant, wenn auch nicht ganz korrekt ausgeführtes Hakenkreuz vor einer Türschwelle prangte.

Richtig, da hatte er jemanden ganz vergessen, hätte er dem Sheriff eigentlich sagen können, aber er ging einfach weiter zur Musterbahn und dann weiter längs jener wohlvertraut gestreckten Domflanke und am alten Zeughaus vorbei in eine der wasserwärts abfallenden Gruben und verschwand im Gängesystem oberhalb des Flusses. Um seine sieben Sachen zusammenzupacken.

Und um jemanden anzurufen, der weit draußen in einem Häuschen mitten im Meer auf diesen Anruf wartete. Hoffentlich wartete. Es regnete.

KBV-KRIMI

Egon Olsen

Heideblues

KBV-Krimi Nr. 149
Taschenbuch, 196 Seiten
ISBN 3-937001-66-2

Der eitle Musikmanager Dr. Günther Didier hat jede Menge Feinde in der Haifischbranche. Dass ihm ausgerechnet in der Abgeschiedenheit seines Landsitzes jemand den Schädel einschlagen würde, hätte aber niemand gedacht.
Tatort ist das malerisch gelegene Gut Eichenhof in der winterlichen Lüneburger Heide, auf dem der Ermordete ein Trüppchen illustrer Gäste aus dem Showgeschäft um sich versammelt hatte. Unter ihnen ist der chronisch abgebrannte Songschreiber Paul Nickel. Auch für ihn erweist sich die Landluft als äußerst ungesund: Nicht nur, dass ihn ständig ein Trecker zu überfahren versucht, er gerät er auch noch unter Mordverdacht. Nickel muss die Sache notgedrungen selbst aufklären und entwickelt dabei eine unkonventionelle Methode ...

Carola Clasen

Schwarze Schafe

KBV-Krimi Nr. 147
Taschenbuch, 228 Seiten
ISBN 3-937001-64-6

In der Tierwelt blöken, fressen und vermehren sie sich innerhalb der Herde wie alle ihre Artgenossen, und ihre Fellfarbe ist nur eine Laune der Natur.
Bei den Menschen allerdings verhält es sich etwas anders: Äußerlich meist völlig unauffällige Einzelgänger treiben ihr grausiges Unwesen oft jahrelang unentdeckt und werden nur selten und durch Zufall von den Hütern des Gesetzes aufgespürt und ausgebremst. Mehr als zwei Drittel aller Morde, die diese schwarzen Schafe auf dem Gewissen haben, sind Beziehungstaten. Kein Wunder also, dass es da alle treffen kann, Brüder, Schwiegermütter, Ehemänner, Kollegen, Freunde, Liebhaber ...
Zwanzig bitterböse Geschichten aus der Feder einer Dame, die literarisch versiert zu morden versteht.

F.G. Klimmek

Des Satans Schatten

KBV-Krimi Nr. 144
Taschenbuch, 288 Seiten
ISBN 3-937001-61-1

Lange hat es Frederik von dem Kerkhof nicht in seinem holländischen Exil gehalten.
Es gilt, in Orange eine Dankesschuld abzutragen, die ihn zwingt, einen Mord aufzuklären, der nach menschlichem Ermessen nicht von einem Sterblichen begangen worden sein kann.
Damit betritt unser Held erneut ein mittelalterliches Szenario aus Tod, Intrige und Verrat von ungeahnter Dimension; denn der Ermordete war damit befasst gewesen, dem spurlosen Verschwinden ganzer Familien nachzuspüren.

»Klimmek fabuliert munter und in einer süffigen, plastischen Sprache, die in ihrer Mischung spätmittelalterlicher Prallheit und neuzeitlicher Coolness immer wieder einen Hang zur Parodie durchblicken lässt.«
(GIG, Münster)

KBV-KRIMI

Carola Clasen

Tot und begraben

KBV-Krimi Nr. 108
Taschenbuch, 240 Seiten
ISBN 3-937001-03-4

Von einem Tag auf den anderen kostet eine Beerdigung im kleinen, beschaulichen Eifelort Oberprüm nur noch die Hälfte. Kein Wunder, dass die Konkurrenz den Leichenwagen von nun an nicht mehr aus den Augen lässt. Die Bestatter Paul und Peter Schlangensief haben offensichtlich eine todsichere Geschäftsidee entwickelt, dank derer sie allen anderen eine Nasenlänge voraus sind. Zur gleichen Zeit gibt der einsame Witwer Wilden eine Heiratsannonce auf. Als er endlich einen Brief und ein Foto erhält, verliebt er sich Hals über Kopf in die schöne Sybille. Sein Glück scheint perfekt. Doch dann geht es plötzlich mit seiner Gesundheit rapide bergab.

»*... die Handschrift macht Appetit auf mehr!*« (Das Magazin)

»*... die Crime Lady unter den Eifelkrimiautoren*« (Trierischer Volksfreund)

Carola Clasen

Novembernebel

KBV-Krimi Nr. 93
Taschenbuch, 185 Seiten
ISBN 3-934638-93-7

Die Krimiautorin Julia Kirschbauer befindet sich nach einer Lesung in Trier auf einer einsamen nächtlichen Autofahrt nordwärts durch die Eifel.
Nebel ... Angst ...
Man sieht nicht einmal fünf Meter weit. Und dann sind da plötzlich diese grellen Scheinwerfer! Wenige Augenblicke später ist Julia Kirschbauer spurlos verschwunden.
Die Trierer Kommissarin Sonja Senger wird mit dem Fall beauftragt. Gemeinsam mit ihrem undurchsichtigen Kölner Kollegen Roman Zorn begibt sie sich auf die Suche nach der verschwundenen Autorin und entdeckt dabei verborgene Eifler Eigenarten, die selbst der dichte Novembernebel nicht zu verhüllen vermag.

»*Die Queen of Eifel-Crime*«
(Trierischer Volksfreund)

Carola Clasen

Das Fenster zum Zoo

KBV-Krimi Nr. 96
Taschenbuch, 201 Seiten
ISBN 3-934638-83-X

Als der Kölner Zoo am Morgen seine Pforten öffnet, hat die vergangene Nacht grausige Spuren hinterlassen: Im Käfig des Grizzly liegt die zerfetzte Leiche eines jungen Mannes. Der verstümmelte Körper gehört Ben Krämer, einem Fotografen, der im Zoo auf Tippvisite war.
Ist er aus Unachtsamkeit in die Fänge des Bären geraten?
Die Tierpflegerin Nelly Luxem scheint etwas zu verbergen zu haben, und der frisch pensionierte Kommissar und Zooliebhaber Lorenz Muschalik versucht ganz behutsam hinter ihr dunkles Geheimnis zu dringen.

»*Carola Clasen versteht es, mit den klassischen Versatzstücken des Kriminal- und Schauerromans zu spielen.*«

(Kölner Stadt-Anzeiger)

KBV-KRIMI

Ralf Kramp

Tief unterm Laub

KBV-Krimi Nr. 11
Taschenbuch, 256 Seiten
ISBN 3-934638-11-2

Ein alter Mann wird überfahren. Nur ein Unfall? Einige Zeit später kommt sein ehemaliger Zivi beim Sturz aus dem Fenster seiner Dachwohnung ums Leben. Selbstmord? Laurentius Bock, Besitzer eines kleinen Copy-Shops, wird unfreiwillig in den rätselhaften Fall hineingezogen. Zusammen mit Lindy, der Freundin des jungen Mannes, versucht er, die Hintergründe der seltsamen Geschehnisse aufzudecken. Die Spur führt in die Eifel, doch auch hier ist die Welt nicht mehr in Ordnung, und das schon seit vielen, vielen Jahren.

»... Wirklich gelungen ... Brillant ... Sehr gut!«
(Jacques Berndorf)

»Kramps brillanter Krimi fesselt bis zur letzten Seite.«
(Das neue Buch / Buchprofile)

Ralf Kramp

Der neunte Tod

KBV-Krimi Nr. 44
Taschenbuch, 256 Seiten
ISBN 3-934638-44-9

Herbie Feldmanns dritter Fall. Er hütet das protzige Haus seiner Tante, und sein ständiger Begleiter Julius ahnt bereits Böses, als Herbie in jener kalten Winternacht einem Obdachlosen Asyl gewährt. Und er behält Recht. Tante Hettis Kostbarkeiten werden bei Nacht und Nebel gestohlen, und Herbie hat seine liebe Mühe, die teuren Stücke wiederzubeschaffen. Das kann er nur, wenn er den Landstreicher auftreibt. Der nennt sich »Mikesch«, wie der Kater, und glaubt, ebenso wie der, neun Leben zu haben und auch neun Tode. Und ganz plötzlich, auf schreckliche Weise, kommt schließlich auch der neunte ...

»... der lokale Meister des schwarzen Humors.«
(Kölner Stadt-Anzeiger)

Ralf Kramp

Still und starr

KBV-Krimi Nr. 51
Taschenbuch, 185 Seiten
ISBN 3-934638-51-1

Marcus Mathei kehrt zurück. Aus seiner gescheiterten Ehe heraus flüchtet er in ein kleines Nest in der Eifel, kehrt zurück an die Stätte seiner Jugend. Dort sucht er Ablenkung vom drohenden Scheidungsdesaster, Erholung von der Stadt und Ruhe von seinem nervenaufreibenden Job in der Werbeagentur, der auf der Kippe steht.

Doch als er in das Dorf zurückkehrt, in dem sich sein Vater, der Dorfarzt, vor Jahren das Leben nahm, wird es nicht nur eine Reise in seine eigene Jugend auf dem Land.

Alles deutet darauf hin, dass mit seiner Rückkehr auch der Tod Einzug in das Dorf hält. Die übel zugerichtete Leiche eines Bahnarbeiters wird gefunden, und es sieht ganz so aus, als würde dies nicht der einzige Tote bleiben.

KBV-KRIMI historisch

Ralf Kramp

...denn sterben muß David!

KBV-Krimi Nr. 82
Taschenbuch
229 Seiten

801 nach Christus. Karl der Große ist in Rom zum Kaiser gekrönt worden und befindet sich auf der Rückreise in seine Heimatpfalz Aachen. Zur gleichen Zeit werden in der Eifel einige ruchlose Morde verübt. Die Täter sind kahlgeschoren und grausam. Ihre Losung lautet: "...denn sterben muß David!"
Es geht um gefälschte Schriftstücke und um eiskalte Rache, und ihre blutige Spur führt nach Aachen, wo der Kaiser erwartet wird. Nur einer hat ihr Tun beobachtet: Enno, ein Eifeler Bauernjunge, den man fälschlicherweise des Mordes bezichtigt.
Kann er sie aufhalten?

»*Kein Werk, das nur eine trockene Historie behandelt. Im Gegenteil, eine auf über 220 Seiten empfehlenswerte, spannende Geschichte.*«
(Blickpunkt)

Jürgen Ehlers

Mitgegangen

KBV-Krimi Nr. 135
Taschenbuch
390 Seiten

Düsseldorf, Februar 1929. Am Zaun einer Großbaustelle wird die Leiche eines kleinen Mädchens gefunden. Gewürgt, missbraucht, erstochen, mit Petroleum übergossen und angezündet.
Kommissar Wilhelm Berger sieht sich rasch mit einer ganzen Reihe brutaler Überfälle auf Männer, Frauen und Kinder konfrontiert. Ist hier ein Wahnsinniger am Werk? Ein Verdächtiger wird schließlich gefasst und gesteht alles. Doch die grausamen Morde gehen weiter.

Jürgen Ehlers zeichnet in diesem Roman das bizarre Bild des triebhaften Serientäters Peter Kürten, der unter dem Namen »Der Vampir von Düsseldorf« in die Kriminalgeschichte einging.

F. G. Klimmek

Der Raben Speise

KBV-Krimi Nr. 89
Taschenbuch
356 Seiten

1534 - Die Wiedertäufer haben den Bischof aus Münster vertrieben und die Herrschaft übernommen. Wüste Exzesse sind an der Tagesordnung, und der Bischof sieht sich gezwungen, die eigene Stadt zu belagern. Umso härter trifft ihn die Nachricht, dass ein Geldbote unterwegs getötet worden und seine Fracht verschwunden ist.
Wieder einmal soll es Frederik von dem Kerkhof richten, Spion und professioneller Mörder im fürstbischöflichen Dienst. Der stößt bei seinen Nachforschungen gleich auf mehrere Verschwörungen.

»*Es ist ein Riesenspaß, wie genau er das Lokalkolorit und die historischen Fakten nachzeichnet.*«
(Westfälischer Anzeiger)